: 그의 직장 성공기

Holic

: 그의 직장 성공기 2

초판 1쇄 인쇄일 2015년 9월 18일 | **초판 1쇄 발행일** 2015년 9월 22일

지은이 복면작가 | **펴낸이** 곽중열 | **담당편집 팀장** 이범수
편집부 신연제 이윤아 김호성 김은경

펴낸곳 (주)조은세상 | 출판등록 제 2002-23호
주소 경기도 연천군 미산면 청정로 1355
TEL 편집부 02)587-2966 | FAX 02)587-2922
e-mail bukdu@comics21c.co.kr

홀릭

: 그의 직장 성공기

HOLIC

2

복면작가 현대 판타지 장편소설

NEO MODERN FANTASY STORY & ADVENTURE

북두
(주)좋은세상

CONTENTS

NEO MODERN FANTASY STORY & ADVENTURE

26회. 볼륨 업 … 7

27회. 응답하라, 퀸즈펀드 … 21

28회. 백기사 1 … 32

29회. 백기사 2 … 43

30회. C컵 … 55

31회. 주주총회의 결과는? … 67

32회. 거인을 만나다 … 79

33회. 두 가지 유산 … 90

34회. 천생연분 1 … 101

35회. 천생연분 2 … 112

36회. 대리 김민호 … 124

37회. 프리미어 마트 1 … 135

38회. 프리미어 마트 2 … 146

홀릭
: 그의 직장 성공기

39회. 키스홀릭 … 158

40회. 프레젠테이션 … 170

41회. 각자의 위치에서 해야 하는 일 … 182

42회. 인턴사원 … 193

43회. 이상형 … 205

44회. 후계자의 공격 … 217

45회. 종로 큰 손 1 … 229

46회. 종로 큰 손 2 … 240

47회. 투자금 … 251

48회. 인도네시아로…… 263

49회. 긴다 그룹 … 277

50회. 한 걸까, 안 한 걸까? … 292

HOLIC : 그의 직장 성공기

26회. 볼륨 업

　찌는 태양. 본격적인 여름으로 들어갔을 때, L&S 상사의 경영권 싸움이 붙었다.

　박상민 사장은 사퇴 거부 메일을 과장급 이상에게 보낸데 이어서, 금요일에는 전 사원에게 같은 내용의 이메일을 발송했다.

　민호 역시 받았다. 누가 봐도 명분이 들어간 메일이었다.

　확실히 이번에 종섭의 아이디어는 나쁘지 않았다.

　하지만 민호 역시 마찬가지로 상민의 중용을 받고 있었다.

　사실 그럴 수밖에 없었다.

　민호를 인정하고 계속 밀어주는 재권.

그가 가진 지분은 박 사장에게 누구보다 소중했을 것이다.

더구나 금요일 오후, 민호가 준비한 프레젠테이션을 본 후에 상민은 손뼉까지 치며 크게 웃었다.

"좋아, 정말 좋아. 결국, 외부에서 흔들고 있다는 것을 언론에 알리란 말이지?"

"아예 이메일을 누군가가 신문사에 투고하는 식으로 가면 더 좋습니다. 허락만 하신다면, 제가 하겠습니다."

민호의 차분하고 당당한 음성.

올해 입사한 신입사원으로 볼 수 없을 정도로 사장 앞에서 망설임 없이 자신을 표현했다.

사실 민호는 자아도취일 정도로 자신의 능력을 신뢰하고 있었다.

머리 회전은 점점 더 빨라졌고, 경험이 쌓이자 남들이 보지 못하는 것까지 볼 수 있었다. 흔히 말하는 시야가 넓어졌다는 게 바로 그에게 해당하였다.

일개 사원이 이런 자리에서 프레젠테이션할 수 있다는 점도 대단한 일이었다.

물론 운도 따랐다.

웬만하면 재권이 그를 여기저기 꽂아주고 있는데, 박 사장은 거절하지 못했다.

파격을 좋아하기도 하거니와, 자신의 지분과 맞먹는 사람인 재권의 요청을 무시할 수도 없었기 때문이다.

하지만 이런 민호를 못마땅해하는 사람도 있었다.

바로 종섭이었다.

"언론을 이용하는 것은 괜찮지만, 퀸즈를 끌어들이는 건
반댑니다."

그는 자리에 앉아서 민호에게 도발하듯이 바라보며 말했
다.

"위험합니다. 헤지펀드를 안고 가는 게… 잘못하면 그들
에게 주도권을 빼앗기는 역효과가 생깁니다."

이번에는 상민과 눈을 맞췄다.

하지만 민호는 전혀 당황하지 않았다. 종섭이 딴죽을 걸
줄 이미 알고 있었다는 듯이 입을 열었다.

"퀸즈에 대해서 제대로 조사하지 않았군요? 헤지펀드인
것은 맞지만, 기업 사냥꾼의 이미지는 없습니다. 다른 헤지
펀드와는 다릅니다."

"그래서 나도 말했잖아. 주도권을 빼앗긴다고. 누가 회
사의 경영권을 빼앗긴다고 했나?"

"좀 더 명확하게 표현해 주십시오. 이 과장님이 말씀하
신 주도권이 뭡니까? 구체적인 리스크도 없는데, 도전조차
도 못 하게 막고 싶은 건 아니시겠죠?"

"무슨 그런…."

드디어 언쟁의 승리자가 민호로 좁혀졌다. 사실 최근에
종섭은 말싸움에서 민호를 이긴 적이 없었다.

뛰는 놈 위에 나는 놈. 인정하기는 싫지만, 점점 그런 모
양새로 흘러가는 상황이 종섭은 맘에 들지 않았다.

프레젠테이션이 끝나고 화장실로 들어가는 민호.

눈에 보이는 게 없다. 정확히 말하면 눈엣가시가 보인다.

민호를 재빨리 뒤쫓아간 이유도 바로 그것 때문이다.

"이 봐, 아직도 재주 부리고 있지? 그거 이번에도 내가 접수할게. 고마워."

"그렇게라도 저한테 말싸움을 이기고 싶으시군요. 뭐, 속 시원하시면, 계속 하세요. 종종 제가 참아 드리겠습니다."

약을 올리는 민호. 종섭의 표정이 붉으락푸르락해지는 게 정말 재미있었다.

그러다가 분을 삭인 종섭의 입에서 나온 소리.

"결국, 넌 나를 이길 수 없어."

"왜요? 사장 딸을 잡았으니까?"

"응. 근데 더 중요한 이유는…."

"……."

"넌 항상 정정당당하잖아. 그게 네 발목을 잡을 거야. 킥킥."

기분 나쁜 웃음까지 지으며 종섭은 등을 돌렸다.

그리고 서둘러 나가는 것 같았다. 민호의 말을 들으면 또 질지도 모른다는 생각 때문에.

화장실에 남겨진 민호는 거울을 보았다.

그리고 생각했다. 문득 종섭의 말에 옳은 점도 있다는 것을 깨달았다.

정정당당함. 사회생활 초년생이 가지고 있는 미숙한 중에 하나.

특히 능력을 얻어서인지, 민호는 결코 우회하려 하지 않는다.

지금도 그의 말을 들었다고 그것을 약점만으로 생각하지는 않았다.

못하는 게 아니라 안 하는 거다.

속으로 그렇게 중얼거렸다. 때가 되면, 굳이 못 할 이유도 없다는 각오.

인정할지 모르지만, 그렇게 종섭은 민호의 성장을 도왔다.

사실 민호가 종섭에게 빼앗은 것도 많았다.

신 차장의 신뢰와 여사원들의 선망 등.

그중 압권은 유미였다.

금요일을 지나 토요일에 민호는 드디어 그녀와 본격적인 데이트를 시작했다.

오전부터 유미를 기다린 이유는 놀이공원에 가기 위해서다.

아파트 앞에 서 있을 때, 유미가 나왔다.

"와아~ 유미 씨…."

"……."

민호는 눈을 크게 하고 엄지를 들어 올렸다.

스포티한 티셔츠에 스키니진을 입은 그녀가 한눈에 들어왔다.

"너… 너무 그렇게 보지 마세요."

유미는 울상이 된 표정을 지었다. 그 모습이 정말 귀여워서 민호의 심장이 쿵쾅거렸다.

제 눈에 안경이라는 말. 현재 민호의 상태를 의미하는 속담이었다. 모든 게 다 예뻐 보였다.

자신의 눈에 맞는 적당한 사이즈라고 해야 하나.

예전에는 큰 가슴에 콜라병 몸매를 좋아하던 열혈청년 민호였는데, 유미를 만나고 나서 이상형이 바뀐 느낌이었다.

다시 그의 입에서 찬사가 나올 수밖에 없었다.

"정말 예뻐요. 자, 이제 갑시다. 주말이라 사람 많을 것 같아요."

민호는 용기를 내어 그녀의 손을 잡았다.

그리고 엉겁결에 자신에게 손을 잡혔지만, 전혀 거부하는 느낌을 못 받았기에 씨익 웃으면서 걸어가기 시작했다.

실내놀이공원에 들어가서는 더 적극적이 되었다.

수많은 사람이 오가면서 연인의 행동반경은 더 가까워졌다.

툭.

특히 지나가는 사람들과 부딪히는 유미를 보며 그는 행동에 나설 수밖에 없었다.

결국, 자연스럽게 그녀의 어깨를 잡는 민호.

역시 거절하지 않는다.

그런 유미를 보며 더 자신에게 밀착시켰다.

이거야말로 민호가 원하던 순간이다.

그녀의 어깨를 잡으며 잠시 황홀경에 빠졌다.

그래도 방심은 금물. 혹시 그녀가 불쾌해하지 않을까 항상 조심해야만 했다.

그래서 옆을 살짝 보며 그녀의 표정을 살폈다.

전혀 그런 기색이 느껴지지 않아 민호는 미소를 지었다.

그런데 자신의 눈이 잘못된 것인지 갑자기 그녀에게서 볼륨감이 느껴졌다.

순간 유미가 자신을 바라보려고 했기에, 재빨리 고개를 돌린 민호.

엉큼한 남자로 찍히긴 싫었다.

다만 머릿속에 계속 그녀의 볼륨이 그려지는 걸 어떻게 해야 하나.

'원래 이렇게 글래머였나….'

다시 한 번 민호의 얼굴에 만족감이 드러난다.

그럴 수밖에 없었다.

민호의 이상형, 콜라병 몸매.

그 이상형이 변한 게 아니었다.

마치 그녀가 자신의 이상형에 맞추어지는 것처럼 그렇게…

'에이, 설마….'

민호는 고개를 흔들었다.

자신이 유미를 만나서 변화했다고, 그녀 또한 그렇게 된다는 보장은 없었다.

설사 그렇다고 해도 직접 물어보기도 힘들다.

'혹시 저를 만날 때마다 몸매의 변화가 생기나요?' 라고 묻다가는 미친놈 취급당할 게 분명했다.

한편, 유미는 민호의 한쪽 팔이 자신의 어깨를 감싸자 심장이 두근두근 뛰었다.

그리고 몸의 변화를 체감했다.

점점 그녀가 세운 가설이 맞아떨어지고 있었다.

민호와 접촉 수위가 높아질 때마다 변화하는 몸매.

'사실이었어….'

그녀는 이 확인된 사실에 잠시 생각에 빠졌다.

그러는 동안 벌써 티켓 판매소 앞에 도착했고 민호의 팔이 그녀의 어깨에서 사라졌다.

괜히 아쉬웠다.

원래 남자와 신체 접촉을 꺼리는 편인데 참 이상했다.

어쨌든 현실로 돌아온 유미.

자신에게 기다리라고 하고 줄 서러 가는 민호를 부르며 휴대폰을 보여주었다.

민호는 그것을 보면서 어리둥절한 눈빛을 보였다.

"이게 뭐죠?"

"티켓이요. 어젯밤 소셜커머스 뒤지면서 가장 저렴한 걸로 미리 예매한 거예요."

"어? 말씀하시지. 오늘은 모두 제가 쏘려고 했는데… 그
럼 제가 돈을 드리겠습니다."

"이미 제가 산 거니까, 차라리 이따 밥을 사주세요."

민호는 고개를 끄덕이며 그녀를 바라보았다.

그녀의 알뜰함이 느껴졌다.

그녀에 대해 맘에 안 드는 것을 찾기가 더 어려웠다.

하긴 현재 민호의 눈에 콩깍지가 씌워져 있다.

뭘 해도 다 예뻐 보일 것이다.

더운 여름에 실내 놀이 공원.

오늘은 특히 불볕더위라서 그런지 많은 사람이 있었다.

들어가자마자 그 사람들을 보면서 민호는 아쉬운 목소리
를 냈다.

"야아, 이거 오늘 뭐 하나 제대로 타기 힘들겠는데요?"

"저런 거 타면 되잖아요. 그렇게 오래 기다리지 않아도
될 텐데…."

민호는 유미가 손가락으로 가리킨 곳을 보았다.

회전목마였다. 잠시 당황했다. 이게 진심인지를 몰라서.

그것을 알아챘는지 유미가 웃으며 말했다.

"사실 저 무서운 거 못 타요. 어제 여기 오자고 했을 때,
민호 씨 타는 거 보기만 하려고 한 거예요."

"그… 말씀을 하시죠."

"제가 말하면 여기 안 왔을 거잖아요. 어렸을 때부터
겁이 많아서…. 지금도 저런 걸 보기만 해도 심장이 쿵쾅

쿵쾅 뛰어요.”

그녀가 말한 '저런 걸'을 민호는 보고 눈살을 찌푸렸다.

바이킹이었다. 아래에서 밑으로 내려오면서 여자들의 비명이 그의 귀를 간지럽혔다.

유미가 웃으면서 말해서 뭐라고 강요도 하기 힘들었다.

민호 역시 군대 제대 후에 처음으로 와 본 곳이 바로 여기다.

오늘 흑심이 없었다면 거짓말. 무언가를 잔뜩 기대하고 왔다.

예전에도 여자친구와 같이 놀이기구를 탈 때, 스릴이 넘치면 넘칠수록 자신에게 안겼다.

스킨섭이란 시작하는 연인들에게 최고의 애정표현이니, 아까의 아쉬움을 넘어 그것을 기대했는데…

'날 샌 건가…'

맥이 턱 빠졌다. 그러다가 다시 눈빛을 빛냈다. 생각해보니 이런 것을 못 타봤다면, 더더욱 자신에게 의지할 것 아닌가?

그때부터 민호는 유미에게 조르기 시작했다.

“제가 지금까지 이런 거 타다가 심장병 걸려 죽었다는 소리 못 들어봤거든요? 한 번도 안 타보셨다면… 심장이 떨리는 거랑 스릴이랑 확실히 다르다는 걸 느끼실 거예요.”

“그래도… 무서운데….”

“제가 있지 않습니까? 저만 믿으세요. 자, 롤러코스터부터 시작할게요. 어떤 의미에서 저것보다 덜 무서워요."

민호가 가리킨 곳에는 바이킹이 있었다. 내려올 때마다 소리를 지르는 여자들. 유미는 몸이 살짝 떨려오는 것을 느꼈다.

그리고 시선을 돌려 다시 민호의 눈을 보았을 때, 자신과 같이 타고 싶은 간절함을 읽었다. 그것을 보니 그가 원하는 대로 해주고 싶었다.

그래서 잠시 머뭇거리다가 고개를 끄덕였다.

"저 그럼 민호 씨만 믿고 한 번 시도해볼게요."

"오케이! 좋습니다. 저만 믿으세요. 하하하. 그런데… 언제까지 민호 씨라고 부를 건가요?"

"네?"

"민호 씨, 보다는 오빠가 좋은데…."

"그건… 천천히…."

유미는 살짝 얼굴을 붉혔다.

그가 원하는 게 무언지를 깨달았다.

그런데 민호의 약간 실망하는 얼굴이 눈에 비쳤다. 그래서 재빨리 말문을 열었다.

"사실… 철들고 나서 오빠라고 부른 적이 없었어요. 조금만 기다려주세요."

"아, 그래요? 기다려야죠. 하하. 기다립니다. 그리고 유미 씨가 오빠라고 부르는 순간! 저도 말을 놓겠습니다."

다시 기분이 좋아진 민호.

다른 사람들에게 불러보지 않았던 호칭을 자신에게만 해준다.

그것을 기다릴 여유는 충분했다.

고진감래라고 했으니, 나중에 그녀가 자신을 오빠라고 불러주면 더 기쁠 것만 같았다.

기다려야 하는 것은 또 있었다.

바로 롤러코스터를 타기 위한 대기시간.

줄이 길었다. 약 두 시간을 기다려야 할 정도로.

그러나 지루하지 않았다. 옆에 그녀가 있다는 사실만으로 시간 가는 줄 몰랐다.

드디어 롤러코스터를 타고 올라가는 상황에서 그녀가 눈을 감았다.

옆에서 그 장면을 본 민호는 씩 웃으며 큰 소리로 말했다.

"눈 감으면 더 무서울지도 몰라요? 그냥 제 손을 꼭 잡으세요. 아시겠죠?"

그 말에 눈을 뜬 유미. 잠시 그녀의 눈에서 결연한 의지까지 느껴질 정도였다.

그렇게 롤러코스터가 아래로 떨어지기 시작하는데…

쉬이이이익!

"꺄아아아악!"

사람들의 비명이 들리고…

너무 오랜만에 타서 그런가?

민호는 심장이 벌렁벌렁해지는 것을 느꼈다. 입에서 비명이 나올 것만 같았다.

"끄으으으…."

자신의 손을 꼭 잡으라고 말했지만, 오히려 자신이 유미의 손을 꽉 잡고 있었다.

이래서는 그녀를 지켜줄 수 없었다. 그녀의 일그러진 표정이 머릿속에 연상되자, 민호는 속도감 넘치는 롤러코스터 위에서 가까스로 옆을 바라보았다.

그런데!

환한 웃음을 지으며 롤러코스터를 즐기는 유미!

'내… 내숭이었나?'

갑자기 드는 생각. 하지만 그것도 금세 사라지며 결국 내리막길에서 민호는 비명을 지르고 말았다.

"으아아아아아아아악!"

롤러코스터 이후 민호와 유미의 놀이기구를 바라보는 관점은 달라졌다.

민호는 회전목마를 생각했다.

말 위에서 자신의 앞 또는 뒤에 그녀가 타는 모습을 머릿속에 그렸다.

사실 엉큼한 상상이 들어있지 않다고는 절대 말 못 한다.

그녀가 뒤에 탄다면 자신의 등에 여성의 돌출된 무언가를 느낄 것이고, 앞에 탄다면 이 또한 자신의 손을 어디다 두어야 할지 모르는 행복한 고민에 빠질 테니까.

그런데 문제는 유미가 바이킹에 대한 도전 의식을 불태웠다는 점이다.

"서… 설마…."

"오늘 태어나서 처음으로 하는 걸 또 늘릴 수 있겠는데요? 민호 씨 말대로 그동안 제가 겁을 너무 먹었던 거 같아요."

"네…."

결국, 민호는 그날 원 없이 놀이기구를 탔다. 원 없이 소리를 지르기도 했다. 그래서 그녀와 헤어져 돌아올 때에는 기진맥진, 파김치가 되었다.

다행히 집에 도착할 때쯤 그녀에게 온 '톡'이 금세 마음을 청량하게 해주었다.

– 오늘 힘들었죠? 내일은 우리 영화 볼래요? 아… 그리고… 내일부터는 오빠라고 부를게요….

그 문자를 보며 민호의 입은 가로로 쫙 벌어졌다.

그토록 듣고 싶은 오빠라는 말.

기다림은 생각보다 길지 않았다.

HOLIC : 그의 직장 성공기

27회. 응답하라, 퀸즈펀드

주말에 유미표 충전기로 한껏 충전한 민호.

능력적인 것을 말하는 게 아니다. 정신적이고 심리적인 것을 의미하는 말이다.

이제 유미를 만나면 능력을 충전한다는 생각보다는 그녀에 대한 애정으로 가득 찬다.

지금까지 만나왔던 예전 여인들은 현재 유미를 만나기 위해 스쳐 지나갔던 인연으로 느껴졌다.

유미의 모든 게 맘에 들었다.

심지어 출근하다가 나누는 지금 대화까지도.

"휴우, 지하철… 끔찍하네…."

"정말 오늘은 사람이 더 많았던 것 같아."

"그래서 말인데… 나 차 사려고 하거든? 어떻게 생각해?"

지옥철을 뚫고 나온 민호와 유미.

힘들었던 여정이 땀으로 범벅된 얼굴에 나타나 있었다.

더는 참기 힘들었을까?

민호는 넌지시 그녀에게 차 구매에 관해 이야기했다.

입사하기 전부터 차가 있어야 여자를 만난다는 말 또는 요즘 차 없는 남자를 누가 만나느냐는 이야기를 들어 온 민호.

당연히 그녀도 차를 원하고 찬성할 줄 알았는데…

"지금은 돈을 좀 모아야지. 회사 들어온 지 얼마나 되었다고? 오빠 월급에 적금 넣고 돈 모으고 그러고 나서 결혼 준비도 하고…."

말을 하다가 결혼이란 이야기에 황급히 입을 막고 얼굴을 붉히는 그녀. 속에 있는 말이 나왔나 보다.

그런 모습도 귀여웠다.

"그… 그런가? 하긴. 그래야 나중에 결혼도 하고 그럴 수 있지. 하하하."

민호는 호탕한 척 웃는 웃음으로 유미의 표정을 다시 한번 살펴보았다.

이번에는 자신의 입에서 나온 결혼이라는 이야기에 그녀가 어떤 반응을 내비칠지 궁금했기 때문이다.

미묘한 표정변화가 있었다.

부정적인 것보다는 긍정적인 부분이라고 확신했다.

자연스럽게 얼굴에 미소가 가득해지는 민호.

하지만 회사에 들어가다가 엘리베이터 앞에서 만난 종섭 때문에 기분이 잡쳤다.

다시 새 주의 일상이 밝았다는 것을 의미했다.

"오빠, 나 잠시만…."

유미는 같은 엘리베이터를 타는 게 불편했던지 자리를 떴다.

그게 또 싫었기 때문에 종섭이라는 인간 자체가 미워졌다.

그런데 종섭도 마찬가지였다.

예전에 사귀었을 때, 단 한 번도 오빠라고 불러주지 않았던 유미가 민호를 부르는 호칭에 가슴속에서 불이 났다.

최근 민호에게 자주 당해서 자존심이 상했는데, 이번에는 기름을 끼얹은 짓 같았다.

그래도 괜한 말싸움은 금물.

나중에 몇 배로 갚아주겠다고 다짐하며 사무실에 입성했다.

그리고 민호와 종섭의 입에서 '굿 모닝'이 나왔다.

"좋은 아침입니다."

"좋은 아침!"

엘리베이터를 같이 타고 왔는데, 서로 눈싸움만 하고 인사를 하지 않았던 두 사람은 들어가자마자 사람들에게 밝게 웃으며 인사했다.

민호는 의자에 앉아서 컴퓨터를 보며 주가 동향을 살폈다.

아침부터 알아봐야 하는 게 있었기에.

그런데 주변 공기가 심상치 않았다.

잠시 후 출근한 나 부장과 신 차장의 얼굴이 상기되었다.

회사에 무슨 문제가 생긴 것처럼 보였다.

전운이 감도는 회사에서 전의를 불태우는 것 같기도 했다.

나중에 알았다. 그들이 왜 그 표정을 지었는지.

드디어 그룹 내 후계 서열 1위 안재현이 칼을 빼 들었기 때문이다.

사실 먼저 칼을 빼 든 것은 박상민 사장이었다. 지난 주말 그는 언론에 여러 가지 정보를 흘렸다.

한 가지는 라면이 미국에서 통한다는 것을 보여준 쾌거!

다른 한 가지는 이와 같은 성과에도 그룹에서 자신의 자리를 흔들려고 한다는 한탄.

두 가지 이야기가 언론의 경제면을 장식하자 안재현은 L&S 상사와 L&S 식품의 합병을 계획 중이라고 선언했다.

그러면서 두 회사의 합병 후에 대형마트 시장에 진출한다는 구상을 이어나갔다.

이제 수시로 대표실에 모이는 작전 참모들. 그중 말단 사원 민호가 끼어있다는 게 신기했다.

하지만 그를 뺄 수 없는 이유가 있었다.

재권이 강력하게 그의 참여를 요구하기도 했지만, 지난 주 금요일 그의 의견을 참고해서 퀸즈 펀드와 협상 중이었기에 그가 반드시 있어야 했다.

박상민 사장의 측근 정상무와 조이사 역시 민호의 존재를 개의치 않았다.

잠시 후 다 모인 것을 확인한 상민이 입을 열었다.

"알다시피 아직 퀸즈 측에서 답변은 나오지 않았어. 원래 주말을 즐기는 미국인들이니까, 오늘쯤 뭔가 신호가 오지 않을까 생각하고 있어."

"제 생각에는…."

민호의 눈에 종섭이 눈치를 보며 말을 시작하는 게 보였다. 자신을 제외하면 재권과 그가 가장 하급 직위였다. 그런데도 눈치를 볼지언정 당당함을 잃지 않았다.

"역시 주도권 싸움을 생각하는 것 같습니다."

"그럴 수도 있지. 그런데 저번에 우리 민호가 말한 것처럼… 주도권이란 어떤 걸 말하는지 모르겠어."

'우리 민호'라는 말이 박 사장의 입에서 나왔다.

그러자 종섭의 눈이 순식간에 차가워졌다. 하지만 아무도 알아채지 못했다. 금세 그 눈빛을 지우며 다시 말을 이어나갔기에.

"회사의 운영을 직접 건드리는 거죠. 일단 투자한 만큼 최대 이익을 뽑아야 하니까요."

"음…."

그런 거라면 예상범위에 있긴 했지만, 구체적으로 어떤 것인지 딱 부러지게 예측할 수는 없었다. 따라서 종섭의 말은 경계심을 늦추지 말라는 정도에 속했다.

그때 민호가 스마트 폰을 꺼냈다.

항상 종섭이 의견을 내면 그가 반박하는 식으로 이야기가 진행되었기 때문에 사람들은 그를 보다가 고개를 살짝 갸웃거렸다.

가장 말단이 설마 전화를 할 리는 없었다.

종섭은 이때다 싶어 목소리를 키우며 그를 꾸짖었다.

"김민호 씨! 버릇없이 뭐 하는 거지? 지금 당신이 여기서 스마트 폰 볼…."

"역시…."

아까부터 별러왔던 기회. 민호가 그 빌미를 주니 완전히 몰아붙일 마음이었는데…

민호가 그의 말을 잘라먹었다.

그는 여전히 스마트폰을 보면서 뜻 모를 소리를 입에 담았다.

어이가 없는 종섭은 다시 한마디 하려고 했다.

하지만 또 타이밍을 놓치고 말았다.

그제야 자신을 지켜보고 있다는 것을 알아챘는지, 민호가 스마트폰에서 시선을 떼며 사람들에게 잠시 고개를 숙인 것이다.

"아, 죄송합니다. 그런데 조금 전에 개장한 우리 회사 주가지수가 좀 특이해서요. 한 번 살펴보신다면, 제가 무슨 말을 하는지 아실 수 있을 겁니다."

그의 말에 사람들이 모두 스마트폰을 꺼냈다. 그리고 잠시 후…

"이거 거래량이…."

"갑자기 상한가라니! 안재현 부회장이 합병 선언을 해서 그런 건가?"

"아뇨. 그렇지 않습니다. 그쪽은 계속해서 고의적으로 주가를 떨어트렸습니다. 그래야 합병 수순이 쉬워지니까요."

정상무가 한 말에 재권이 고개를 저으며 말했다.

민호 역시 그의 말에 응답하듯이 목소리에 힘을 주었다.

"안 과장 말이 맞습니다. 제 생각에 이것은… 퀸즈의 대답인 것 같습니다."

퀸즈의 대답이라는 민호의 말에 일순간 주변이 조용해졌다.

심지어 종섭도 아무 말 못 했다.

퀸즈 펀드가 매수주체가 아니라고 주장할 수도 있었다.

하지만 그러다가 민호의 말이 맞는다면 자신은 옹졸한데다 사리판단 못 하는 사람으로 비친다.

지금은 잠시 가만히 있는 게 상책이었다.

그래서 입술을 깨물자, 갑자기 열이 오르는지 이마에서 땀이 맺히기 시작했다.

전체적으로 아무도 말하지 않는 분위기가 잠시 계속되었
고.

고요함을 깨트린 건 박상민 사장이었다.

"대답이란 말이지… 정말 대답이란 말이지?"

"전 그렇게 생각합니다. 한 번 확인해보십시오."

자신감 백배. 민호는 힘주어 확신하듯이 말했다.

오전에 출근해서 계속 증권 시황을 알아본 이유가 바로
이 때문이었다.

그룹의 부회장, 안재현의 계략으로 떨어지고 있던 주식
이 가격제한폭 상한선까지 폭등한다?

방금 스마트폰으로 매수주체를 확인했을 때 외국인임을
알았고, 그는 더 확신에 이르렀다.

민호의 말에 즉시 상민은 전화를 돌렸다.

자신의 핫라인을 가동해 매수주체를 확인해 본 것이다.

기쁜 표정 반, 놀라움 가득한 얼굴도 반.

박 사장은 민호의 얼굴을 보면서 이렇게 말했다.

"정확히 봤어. 퀸즈가 주식을 긁어모으고 있어."

"허…"

"이거…."

다른 이들도 놀라움을 감출 수 없었다.

심지어 종섭의 얼굴에서도 당황함이 스쳤다.

이번에도 주도권을 빼앗기고 말았다.

불길한 예감은 왜 자꾸 맞는 것일까?

그래도 그는 눈치 없는 사람이 아니었다.

민호를 한 번 째려봐주는 것 말고 현재 할 수 있는 일이 없다고 판단하며 질근질근 씹던 입술을 다시 한 번 씹었다.

그 입술에서 피가 살짝 맺혔다. 그래도 고통을 느끼지 못하는 걸 보니 민호에 대한 증오가 생각보다 더 크게 자리잡힌 것 같았다.

고통은 후일 백배로 갚아주리라.

참는 것 또한 자신의 장기라고 생각하며, 기회를 보고 때를 기다리자고 다짐했다.

그렇게 회의는 끝이 났다.

그런데 회의를 끝내고 나오면서 민호는 따가운 눈길을 의식했다.

눈길의 주인공은 종섭.

민호 역시 꿀릴 것 없어서 마주 보며 눈에 불길을 만들었다.

종섭의 눈은 이것을 말하는 것으로 보였다.

– 그래 봤자, 넌 안 돼. 왜냐? 내가 이기니까.

얼마 전에 그가 한 이야기가 머릿속에 남았다.

정정당당하게 일 처리를 하려는 것. 그게 민호의 약점이라고.

그래서 잠시 반칙이 떠올랐다.

바로 고속 승진.

종섭은 지금까지 승진의 승진을 거듭하며, 짧은 시간 내에 과장 자리에 올랐다.

서른한 살의 나이에 과장 위치에 있는 사람은 종섭과 재권뿐.

그 기록을 깨트리고 싶었다.

종섭이 할 수 있는데, 자신이라고 못 하리라는 법은 없었다.

민호가 살며시 미소를 짓는 이유가 바로 그 때문이다.

자신을 계속 째려보는 종섭의 눈을 받아넘기면서 다가오는 재권을 맞이했으니까.

"안 과장님!"

"어… 오늘 수고했어. 역시 민호 씨야. 하하하."

"그럼 어떻게… 한턱내시는 겁니까?"

"당연하지. 뭐 먹고 싶어? 내가 다 사줄게. 필요한 건 없어? 보니까 대중교통 이용해서 출근하는 거 같은데, 차 하나 내줄까?"

민호는 그 말에 긍정도 부정도 하지 않았다.

최근 차에 대한 필요성은 생겼지만, 거저 받고 싶은 생각은 없었으니까.

다만 자신을 아직도 바라보는 종섭이 걸려 완전히 거절하지 않았다.

그가 말한 '정정당당' 이 바로 이것이었다.

민호는 아직도 땀 흘려 번 돈을 신봉한다.

아마도 이것은 쉽게 바뀔 것 같지는 않았다.

시간이 걸려서 민호가 좀 더 경험을 쌓으면 모르겠지만, 아직은 정당한 노력으로 얻은 게 훨씬 좋았다.

아무튼, 그 이후 며칠간.

민호는 본격적으로 퀸즈와의 협상이 시작되었다는 이야기를 들었다.

이 부분에서 말단이 끼어들 여지는 없었다.

민호는 사실 이런 협상에도 개입하고 싶었다.

누구보다도 협상에 자신이 있었다.

원래 긴장을 잘 안 하는 성격인데다가, 좋아진 머리는 상대에게 끌려다니지 않을 판단력을 제공할 것이다.

그렇다면 그 능력을 보여주고 좀 더 빠른 승진의 기회를 잡을 수 있을 텐데…

홀릭
HOLIC : 그의 직장 성공기

28회. 백기사 1

소망은 소망일 뿐이다.

아무리 그래도 회사의 명운이 걸린 실무 협상은 높으신 분들의 전유물이었다.

결국, 이 또한 민호의 승진 욕심을 부채질했다.

언젠가 그 자리에 앉아서 자신의 맘대로 대한민국의 경제를 호령해보고 싶었다.

야망을 부채질하는 것.

한 번 시야를 넓히고, 승부욕을 붙잡았더니 위로 올라가서 해보고 싶은 것이 꽤 많았다.

그래도 조급해하지는 않았다.

일단 재권이 그에게 정보를 계속 제공해주었다.

돌아가는 상황이나, 협상 진행 과정 등등을.

이게 유리로 된 회의실에서 자주 민호를 부르는 이유였다.

오늘은 뭔가 좋은 일이 있는지 얼굴에 웃음을 가득 담고 민호를 불러서 말했다.

"생각보다 L&S 상사의 주식 가격이 너무 올라서 합병이 쉽지 않을 것 같아."

"그렇겠죠."

"덕분에 형님은 나에게 마구 신경질을 부리고 있고."

재권의 표정이 민호의 눈에 가득 잡혔다.

짐짓 곤경에 빠졌다는 얼굴을 하고 있지만, 자세히 보면 통쾌하다는 표정이 숨어 있었다.

그래서 민호는 웃을 수밖에 없었다.

그러다 잠시 표정을 진지하게 만들며 재권에게 말을 붙였다.

"그런데 계속 과장님으로 남으실 겁니까?"

"응?"

"사장님과 손을 잡으시면, 임원이 되시는 거 아닌가요?"

이 말을 하는 이유가 있었다. 그가 임원이 되어야 민호가 더 높은 곳을 향할 수 있기 때문에 건넨 말이었다.

그러나 재권은 자신의 말을 잘 못 알아듣는 것 같았다.

"맞긴 하지만, 지금은 때가 아닌 것 같아. 여기 있으면 배울 게 많거든."

배울 게 많다? 물론 사실이다. 사실 재권의 첫 직장은 바로 여기였으니까.

그는 오히려 민호보다 실무경험이 없다.

"원래 재벌 2세들이 이렇게 아래에서부터 경험을 쌓습니까?"

"아니, 다른 형님들과 누님들은 더 높은 곳에서 시작하셨지."

"그런데 굳이 왜…."

"난 그들과는 다르거든. 그들도 나를 그렇게 생각하지만, 나도 그들과 다른 사람이 되고 싶어. 음… 이런 이야기 계속 하고 싶지는 않은데…, 사실 지금 말한 건 최근 내가 생각한 거야. 난 있잖아… 결정력 장애를 가지고 있어."

"네? 그게 무슨…."

"사실 진단까지 받았어. 혼자서 무언가를 결정할 때 매우 스트레스를 받는 병이래. 실제로 그래. 특히 중요한 것을 결정할 때면 머리가 어지러워. 어쩌면 이게 어렸을 때부터 형들과 누나들의 눈치를 봤기 때문 아닐까… 생각하고 있어."

"……."

민호는 이번에는 아무 말 없이 그를 바라보았다.

결정력 장애뿐만 아니라 조울증도 있는 것일까?

조금 전까지 희희낙락한 그의 얼굴이었는데, 이제는 눈빛이 암울해졌다.

마치 지난날을 떠올리는 것처럼 살짝 허공에 초점 없는 눈을 정지했다.

그것을 방해하지 않는 민호.

어렴풋이 표정이 변한 그를 보며 깨닫는 게 있었다.

하지만 완벽히는 아니다.

아무리 좋아진 머리라도 재권을 둘러싼 가족들의 역학관계를 타인인 민호가 파악하기는 힘들었다.

엄마가 다른 이복형제들. 그 안에서 얼마나 힘든 성장 과정을 겪었는지 알 수는 없었으니까.

그래서 그에게 사과의 말을 전하는 민호의 말투가 매우 진지해졌다.

"죄송합니다. 제가 쓸데없는 걸 물어봤네요."

"아냐, 아냐. 하하하. 아무튼, 여기에 더 있고 싶은 이유 중 가장 큰 게 바로 민호 씨 덕분이야. 그것만 알아달라고."

이것도 대충 깨달았다.

재권이 임원으로 가면 자신과 떨어지게 되니, 아이러니하게도 실무에 대해 더 배울 게 없어진다는 뜻이었다.

결정력 장애도 하나의 요인일 수 있었다.

하지만 현재 민호는 승부욕이 동한 상태였다.

이게 반칙인지는 모르겠지만, 최소한 종섭과 동등한 관계에서 진검승부를 나누고 싶었다.

그런 이유 때문인지는 몰라도 그는 넌지시 재권에게 표현했다. 자신의 직접적인 마음을.

"혹시 저 때문에 그러시는 거라면…."

"……."

"굳이 그러실 필요는 없습니다. 승진이라는 좋은 제도가 회사에 있지 않습니까?"

이번에는 재권의 눈이 반짝였다.

민호의 말을 들여다보면 자신을 중용해달라는 이야기가 내포돼 있었다.

그래서 잠시 생각해 보았다.

몇 개월 안 된 신입 티 갓 벗은 사원을 승진시킨다.

못 할 것은 뭔가. 다만 아직 섣부른 약속은 금물.

일단 자신의 이복형에 대해 소기의 승리를 거둔 후에 생각해 볼 문제였다.

그런데 민호와 재권의 상상을 불허하는 일이 생겨났다.

그날 오후. 안재현이 회사를 찾아온 것이다.

상민과 만나 무슨 이야기를 나누었는지는 알 수 없었다.

다만 사장실을 나왔을 때, 그의 표정이 좋지 않았다는 이야기만 떠돌았다.

그리고…

민호는 드디어 처음으로 직접 재현을 보게 되었다.

성큼성큼성큼.

다이렉트로 창조영업부에 와서 걷는 재현의 걸음걸이에 화가 한 움큼 담겨 있는 것 같았다.

자신을 지나칠 때 이름 모를 진한 향수 냄새가 코를 찔렀고.

구둣소리가 멈추는 그 순간 재권의 앞에서 오만하고 신경질적으로 상대를 째려보았다.

눈이 양옆으로 찢어진 인상이었기에, 그 모습이 더 날카로워 보였다.

재권을 향해 손가락을 한 번 까닥하고 유리 회의실로 들어간 그는 발을 꼬고 앉았다.

재권이 그 공간으로 들어가는 것을 지켜본 민호.

관심이 생기지 않을 수 없었다.

재권과의 대화로 성장 과정에 대한 그의 아픔을 얼마 전에 느꼈기에.

그래서 본 투명한 유리 회의실.

그곳에서 구겨진 표정으로 하는 안재현의 입 모양이 민호의 눈에 들어왔다.

- 첩의 자식놈!

들리지 않았지만, 민호는 재현의 입 모양을 읽을 수 있었다.

감정이 휘몰아쳤다.

그래서 갑자기 자신도 모르게 의자에서 일어섰다.

턱!

그때 자신의 어깨를 짚는 손.

"앉아!"

"······."

신 차장이었다. 그는 고개를 좌우로 저었다. 절대 끼어들
지 말라는 표정으로.

한참을 신 차장의 눈을 살펴본 민호. 그 지체된 시간 동
안에 안재현 부회장은 유리 회의실에서 나왔다.

그는 창조영업부가 있는 곳을 살기 번뜩이는 눈으로 바
라보았다. 그 눈길이 민호에 닿은 것인지, 아니면 불특정
다수를 보는 것인지는 알 수 없었다.

하지만 민호는 그가 가고 나서 느낄 수 있었다.

이대로 안재현이 가만히 있지는 않을 거라는 생각.

하지만 일단 유리 회의실 안에서 고개 숙이며 앉아 있는
재권을 보며 재빨리 들어가는 게 먼저였다.

"괜찮으십니까?"

"······."

무슨 말을 들었는지는 정확히 캐치할 수 없었다.

'첩의 자식놈'이라는 단어 하나로 추측한 후, 그것에 근
거해 민호가 알아낸 것일 뿐.

그러나 험한 말이 오고 갔다는 것은 확실했다. 더 분명한
것은 감정적 가해자와 피해자가 누구인지 충분히 알 수 있
다는 점이다.

"뭘? 나 말하는 거야? 하하. 괜찮지 않고··· 왜 안 괜찮겠
어?"

애써 웃으며 말하는 재권.

그런데 그 미소를 보면서 민호는 같이 웃어줄 수 없었다. 또한, 여기에서 무슨 말이 오고 갔는지도 물어보기 힘들었다.

지금 그가 할 수 있는 일은 매우 간단했다.

재권이 재현의 그늘에서 독립할 수 있게 도와주는 일.

승진과 개인의 이득을 떠나서 마음이 시키는 대로 하고 싶었다.

물론 그게 맘대로 되는 것은 아니었다.

재현이 가만히 있지 않을 거라는 좋지 않은 예감.

그게 들어맞으며 금요일 오후에 보합세로 돌아가기 시작한 L&S의 주가.

그다음 주 월요일에는 하한가까지 떨어졌다.

L&S 라면이 미국에 선전하고 있다는 소식이 들렸는데도 불구하고 이런 상황이 연출되었다.

마치 롤러코스터를 타는 것처럼 예측하기가 힘들었다.

이유는 안재현 부회장의 역공 때문이었다.

그는 언론을 활용해서 합병을 거부하는 박상민 사장을 압박했다.

하지만 단지 이것만으로 L&S 상사의 하한가를 설명하기는 힘든 법.

약간 초조해하는 재권에게 민호가 자세히 경과를 보고하고 있었다.

"오늘 쭉 지켜봤는데, 본사에서 계속 L&S에 대한 악재를 퍼트리고 있습니다. 특히 언론사에 방 전무가 그 이야기를 확인해주는 바람에…."

그 말은 사실이었다. 제일 먼저 나온 이야기는 L&S 식품과 합병이 무산되면 대형마트에 진출할 수 없다는 뉴스였다.

또한, 박상민 사장의 개인 자산이 적어서 회사의 위기가 찾아올 때, 관리 능력이 현저히 부족해질 거라는 말도 흘러나왔다.

마지막으로 현재 주식을 매수하고 있는 퀸즈 펀드가 악의적인 기업 사냥꾼으로 매도되며, 경영권을 건드릴 거라는 우려를 방 전무가 확인시켜주고 있었다.

여러 뉴스가 터지면서 일주일이 흘러가고…

주말을 지내고 월요일에 출근하자마자 민호의 눈에 재권이 띄었다.

자신을 간절히 기다리는 것 같았다.

재권이 손짓하며 유리 회의실로 들어가자는 신호를 하는 것을 보니.

그리고 그곳에 들어가자마자 민호의 귀에 들리는 요청이자 질문은 다음과 같았다.

"방법이 없을까? 이대로 당할 수는 없잖아. 지금까지 한 노력이 허사가 될 수도 있어."

그의 조급한 말투와 표정이 유리창 밖으로 나가며 창조영업부의 공기를 희박하게 만드는 것 같았다.

밖에서는 종섭이 이쪽을 주시하고 있었다.

아무리 그가 민호에게 감정을 가지고 있다손 치더라도, 일단 회사 안에서는 공동체였다.

그래서 지금 이 위기가 잘 해결되기를 바라는 마음은 같았다.

어쨌든, 재권을 만난 후 처음 보는 표정 때문에라도 민호는 답을 내놔야 했다.

지난주에 이복형을 만나고 나서 왠지 모르게 다급함이 느껴졌다.

처음에 자신을 숨기기 위해서 무능력으로 가장했고, 그 다음에는 침착했던 모습의 그였는데…

지금은 오히려 민호의 얼굴에 더 차분함이 느껴졌다.

"안재현 부회장이 악수(惡手)를 두었네요."

"형님의 악수?"

"정확히 말하면 무리수죠. 어쩌면 이 일로 인해서 우리 회사가 완벽히 독립할 수 있는 원동력을 얻을지도 모릅니다."

"무슨 소린지 난 이해가 안 가는데… 혹시 임원들 이야기라면 이 마당에 주식을 팔기 바쁘다고. 충성심 강한 사람들이 있다지만, 그들이 주식을 사들이는 것도 한도가 있어."

"임원들 이야기가 아닙니다."

"그럼?"

답답했던 모양이다. 민호에게 설명까지 요구하고 나섰으니.

다행히 민호는 시간 끌지 않고 바로 그에게 답을 주었다.

"다른 회사요. 다른 회사 쪽이 가만히 있을 것 같지 않습니다."

"그게 무슨 소리야? 다른 회사라니… 갑자기 여기서 왜 다른 회사가 나와?"

"그럼 L&S가 대형마트에 진출하는 걸 다른 회사들 모두 반길 거라고 보십니까?"

"……!"

"다른 곳은 모르겠지만, 적어도 한 곳은 강력하게 싫어할 겁니다."

"A&K!"

훌륭한 선생님은 답을 이야기하지 않는다. 제자가 답을 이야기하도록 유도할 뿐이다.

물론 이 둘의 관계가 사제관계가 아니지만, 민호는 그가 맞히는 것을 보고 고개를 끄덕이며 조용히 미소 지었다.

사실 그에게 용기를 주고 싶었다.

홀릭

HOLIC : 그의 직장 성공기

29회. 백기사 2

얼마 전 안재현에게 당한 것을 그대로 받아쳐서 승리하도록…

그 쾌감을 같이 느끼기를 바랐다.

그래서 민호의 머릿속에 계산된 카운터 펀치가 계속 이어졌다.

"맞습니다. 비록 언젠가 우리 회사가 진출할 거로 예상했을지라도. 업무협약을 맺은 지 얼마 되지 않았습니다. 강한 배신감이 들 수밖에 없을 겁니다. 그러니까 우리가 할 일은?"

"지사장에게 빨리 전화하는 거군."

"저도 케이티에게 연락하겠습니다. 그리고 한 가지 더!"

점점 호흡이 착착 맞고 있었다.

이것이 어쩌면 시너지 효과일지도 몰랐다.

힘을 가진 자의 방계 자식과 머리를 가진 능력자의 결합.

아무튼, 민호의 추가적인 말을 듣기 위해 재권은 진지하게 귀를 기울였다.

"회사가 보유한 주식을 파십시오."

재권은 민호의 이 말을 듣고 눈빛을 빛냈다.

그리고 잠시 후 고개를 끄덕였다.

애초에 나쁜 머리를 가지고 있지 않았다.

아니 오히려 집안에서는 어렸을 때 신동이라고 불렸다.

한국 최고의 대학과 미국에서 경영학 석사과정까지 조기에 완료한 사람이었는데, 그게 또 견제를 심하게 받는 요인이 되었다.

결국, 결단력이 강한 민호는 그와 찰떡궁합일 수밖에 없었다.

"의결권을 행사하지 못할 바에야, 우군에게 넘기라는 거군."

"그렇습니다. 전문용어로 이걸… 백기사라고 하죠."

그 말을 듣고 재권의 얼굴에 미소가 맺혔다.

그리고 민호 역시 같은 종류의 웃음을 띠었다.

멀리서 이곳을 들여다보는 사람들이 갸우뚱했고, 종섭의

눈에 의혹이 자라났다.

그들의 궁금함까지 해결해주기 힘들었다.

이런 종류의 일은 보안이 생명이었으니.

또 하나 중요한 것은 바로 속도.

민호는 바쁘게 유리 회의실을 뛰어 나갔고, 스마트폰에 저장된 케이티에게 전화를 했다.

나오는 그의 귀에 A&K 지사장에게 전화를 돌리는 재권의 목소리가 들렸다.

"미스터 스미스? 굿모닝입니다. 하하…"

⚜

경제 전문용어로 경영권 방어에 우호적인 역할을 해주는 외부세력을 백기사라고 한다.

그런데 민호 회사의 상황이 참 묘하다.

"보통 백기사는 외부의 적대적 인수·합병을 막기 위해서 다른 그룹과 연대하는 건데 말이야… 허허, 어쩌다가 일이 이렇게 되었는지."

박상민 사장은 잠시 허탈한 듯이 웃었다.

내부, 그것도 그룹 본사의 압력을 막기 위해서 외부 세력을 끌어들이다니.

그래도 절묘한 한 수였다.

이 모든 게 민호의 머리에서 나온다는 게 핵심이었다.

이제 상민도 그를 완전히 인정할 수밖에 없었다.

아직 A&K 측에서 확답을 주지 않았지만, 오랜 경험을 통한 예감이 말해주고 있었다.

이번 건은 해볼 만한 싸움이라고.

결국, 민호의 어깨를 두드리며 격려해주는 박 사장.

"그래, 우리 민호가 또 한 건을 했어. 정말 대단해. 정말 대단하다고."

"아닙니다. 과찬이십니다."

겸손이 미덕이다? 아니다. 겸손한 척하는 게 더 미덕이다.

일단 민호는 박 사장이 어깨를 두드리며 칭찬하는 말에 고개를 숙였다.

옆에서 보고 있던 재권은 흐뭇한 미소를 지었다.

그리고 대표실에서 나왔을 때, 재권의 전화가 울렸다.

– 위, 아래, 위, 위, 아래, 아래~

"아, 미안. 하하하. 내가 걸그룹을 좋아해서…."

재권은 즉시 전화기를 꺼냈다. 그런데 민호의 눈에 비친 그의 표정이 좋지 않았다.

딱 봐도 받기 싫은 사람에게 전화 온 것이다.

현재 그가 꺼리는 사람은 바로 안재현이고.

결국, 전화기가 계속 울리는 상태에서 민호의 입이 열렸다.

"받지 마십시오."

재권의 시선이 스마트폰에서 민호에게로 갔다.

눈빛이 매우 흔들렸다. 늘 무서웠던 자신의 형이냐? 아니면 최근 부상하는 친구 같은 존재, 민호냐?

둘 사이에서 고민하는 사이에…

민호가 그의 결정력 장애를 돕는 역할을 자청하고 나섰다.

"어…?"

재권의 스마트폰을 민호가 빼앗았던 것이다.

디스플레이 화면을 확인해보고 잠시 웃을 뻔한 민호.

[악마 큰형]

가까스로 웃음을 참고 검지로 화면의 〈통화종료〉를 눌렀다.

굳이 그렇게 한 이유도 설명하지 않았다.

자칫 무례한 행동으로 보일 수 있었는데, 재권의 입에서는 뜻밖의 말이 나왔다.

"고마워. 사실 받고 싶지 않았어."

"그럼 다음부터 안 받으시면 됩니다."

"그렇지? 안 받으면 되지? 하하. 다음부터는 안 받을게."

안타까웠다. 이런 결정만 스스로 할 줄 안다면, 후계 싸움을 견뎠을 때, 크게 될 수도 있는데.

그래도 속마음은 속마음일 뿐이다.

그의 후계 싸움을 도울 생각은 전혀 없었다.

지금은 그냥 마음 가는 대로 하고 있을 뿐.

그리고 다음날.

민호는 로비에서 케이티를 기다렸다.

잠시 후 등장한 그녀를 보며 민호가 재빨리 다가갔다.

"케이티!"

"어? 미스터 킴!"

그녀는 몸매가 완전히 드러나는 옷을 입고 회사에 등장했다.

그래서 뭇 남성들의 시선을 가득 받는 중이었다.

남성들뿐만이 아니었다.

의미는 달랐지만, 그녀를 보는 수많은 여성의 눈도 있었다.

두 남녀의 목적지가 같았기에, 엘리베이터를 타고 6층에 올라갔다.

밀폐된 공간에서 케이티는 더욱 민호의 매력에 취했다.

하지만 그는 그녀의 시선도 느끼지 못하고 6층 문이 열리자 웃으며 말했다.

"여기는 처음 와보시죠? 제가 안내하겠습니다."

"네? 네. 고마워요."

"아닙니다. 늘 제가 고맙죠."

민호는 친절하게 그녀를 데리고 창조영업부 사무실로 안내했다.

지난번에 민호의 기획안을 가장 빨리 캐치한 케이티.

그 이후 민호 회사와의 협력에서 전담을 맡더니 드디어 General Manager(제네랄 매니저 : 과장이나 실장급)로 승진했다.

몇 번 민호에게 감사 인사를 한다고 전화했었는데, 그때마다 그는 웃으며 겸손해했었다.

실제 고마움은 민호가 더 느꼈기 때문이다.

더군다나 늘 그녀가 L&S 상사의 편에 서서 지사장에게 보고했기에 어제 통화를 통해 다시 한 번 그녀에게 현재 상황을 전달할 수밖에 없었다.

그게 좋은 결과로 이루어져야 할 텐데…

그녀를 데리고 나 부장에게 인계하는 마음가짐에 기대가 잔뜩 서려 있었다.

그녀가 등장하자 남자 사원들의 눈이 마치 자석처럼 이끌려갔다.

하지만 그들에게 시선 하나 주지 않는 케이티.

오히려 속으로는 민호를 떠나 나 부장과 함께 들어가는 아쉬움만 가득했다.

유리회의실에서 나 부장과 이야기하는 도중, 그녀는 민호를 계속 힐끔거렸다.

안타깝게도 민호는 자기 일에 집중하느라 뒤통수만 보여주고 있었다.

어쩔 수 없는 아쉬움에 케이티가 나 부장에게 물었다.

"그런데 우리 그룹 한국 지사 일은 이제 미스터 킴이 직접 챙기는 건 아닌가요?"

"아… 무슨 불편한 점이라도… 혹시 이 과장이 무슨 실수를 했습니까?"

"그런 건 아닌데, 전 미스터 킴이 더 편해서요."

"그러시군요. 김민호 씨가 라면 때문에… 미국 본사 일을 맡고 있어서, 쉽게 뺄 수가 없습니다. 나중에 기회가 닿으면 배치해 보겠습니다."

말은 그렇게 했지만, 나 부장은 확신하지 못했다. 일단 미국에 진출한 라면이 불티나게 잘 팔렸기 때문에, 괜히 담당자를 바꿀 필요가 없었으니까.

그래도 케이티를 위해 지금 그가 할 수 있는 일 하나.

바로 민호를 부르는 일이었다.

당당히 회의실로 들어간 민호는 케이티에게 가볍게 인사한 뒤 나 부장을 보았다.

"자꾸 자네를 훔쳐 봐. 이거 인기남이야. 하하하."

"네? 아, 네."

나 부장은 그녀가 한국말을 알아듣지 못한다고 생각했기에 편하게 이야기했다.

민호는 나 부장의 농담을 그냥 웃어넘겼다.

사실이 아니라고 여겼기 때문이다.

그는 백인 여자가 동양 남자에게 호감을 느낄 리는 없다는 편견을 가졌다.

민호는 그래서 다른 부분에 관심을 표명했다.

"뭐라고 하던가요? 혹시… 회사를 돕는다는 이야기를 한 거…."

"뭐야? 아까 같이 올라오더구먼, 아무것도 묻지 않았어?"

"네. 밖에서 나눌 이야기가 아니라고 생각해서…."

나름대로 보안에 신경 쓰는 모습에 나 부장은 흡족한 미소를 지었다.

그리고 고개를 끄덕이며 그가 원하는 답변을 했다.

"맞아. A&K에서 주식을 매입하겠다는 방침이 떨어졌다는군. 원래 지사장이 와야 하지만, 그 문제로 급하게 미국에 들어가는 바람에 그녀가 급하게 말을 전하러 왔어."

"그렇군요. 결국, A&K가 우리를 돕는군요."

민호의 얼굴이 밝아졌다.

케이티를 보며 환하게 웃었다.

이제야 그녀에게 고마움을 표현할 수 있었다.

"고마워요, 케이티."

"제가요? 전 뭐 한 게 별로 없어요."

그럴 리가 없었다. 분명히 한국 사정을 알아가고 있는 지사장이 그녀에게 물었을 것이다.

돌아가는 상황에 대해서.

어제 통화를 통해 민호가 전달한 말을 제대로 보고했을

게 확실했다.

사실 A&K 입장에서는 대형마트를 계획한 안재현이 껄끄러울 수 있었다.

최근에 겨우 한국 내 점유율을 높였는데, 이쪽에서 진출한다면, 도움을 주는 협력관계도 잃고, 만만치 않은 라이벌도 등장한다.

이 내용을 알리는 일.

조언자가 어떻게 마음먹고 있느냐에 따라 우군이 될 수도 적이 될 수도 있는 입장.

분명히 그녀가 좋은 말을 해주었을 것으로 민호는 생각했다.

그래서 던진 말에,

"다음에 제가 식사 대접하겠습니다. 정말 고마워요. 하하."

케이티가 웃음으로 화답했다.

"그건 거절 안 할게요."

이렇게 해서 드디어 A&K가 참전했다.

백기사를 자처하고 나선 것이다.

전운이 감돌고 주주총회가 다가왔다.

사실 민호는 일찌감치 이 일을 예상했다.

안재현 부회장이 대형마트 이야기를 하고 나서부터.

약간 타이밍 늦게 말한 이유는 자신의 예측이 틀리기 싫어서.

즉, 조금 더 지켜보자는 신중함 때문이었다.

어쩌면 자신이 있었을지도 모른다.

언제라도 이 상황을 뒤집을 수 있다는.

문제는 이 상황을 바라보는 시선 중에 호감이 아닌 반감도 있다는 것이다.

특히 회사 내의 남자 사원들이 점점 민호에 대한 시기심이 커지고 있었다.

원래 '모난 놈이 정 맞는다.'고 그가 능력 발휘를 하고 여자들의 관심을 한몸에 받으면서부터 뒤에서 수군대기 시작했다.

이걸 몰랐다가 어느 날인가 화장실에서 큰일 보고 있을 때였다.

"아, 새끼… 정말 잘난 체하는 거 같아."

"응? 누구?"

"창조영업부 김민호 말이야. 우리 부장님한테 인사도 안 한다고 아침에 화나셨거든. 그 새끼 목이 뻣뻣한 게 아주 싹이 노래."

누구의 이야기를 하나 했더니 자신의 이야기였다. 막 힘을 주고 있는 상황에서 들으니 더 열 받았다.

하지만 자신의 처지를 전혀 고려하지 않고 그들은 계속 이야기를 나누었다.

"근데 그 자식이 뭐가 좋아서 여자들은 그 난리야?"

"더 화나는 건 우리 '유미 히메'가 그 자식이랑 사귄다는 소문이 있다는 거."

　"헐… 정말이야?"

HOLIC : 그의 직장 성공기

30회. C컵

믿지 못하겠다는 말에 민호는 속으로 대답했다.

'그래 정말이다. 이 자식아! 바로 내가 유미 남자친구야!'

하지만 소리를 낼 수는 없는 법. 가만히 참고 들으니 또 이야기가 들려왔다.

"젠장. 요즘 몸매도 부쩍 좋아진 우리의 여신이 그 새끼랑 사귀면 난… 죽고 싶을 거 같아."

"나도."

그다음에 나오는 유미의 몸매 이야기. 특히 가슴 사이즈 이야기가 나오고 나서부터는 더 듣고 싶지 않았다.

그야말로 폭발했다. 최소한 누군지 얼굴을 보고 싶었다.

그래서 빨리 끊을 걸 끊고 나왔는데, 이미 사라진 두 사람이었다.

입맛을 다시는 민호. 그러다가 둘이 나눈 대화가 머리에 떠올랐다.

이미 자신과 유미가 사귀고 있다는 소문이 많이 알려진 것 같았다. 이럴 바에야 공개적으로 가는 게 낫다는 생각.

그날 저녁 식사하면서 넌지시 그 이야기를 꺼냈다.

"응? 공개연애?"

"응. 네가 내 여자라는 거 알리고 싶어서. 흑심 품고 있는 녀석들에게 널 지켜야겠어."

흑심 품고 있는 녀석이라는 그의 말.

듣고 있는 유미는 흐뭇했다.

자신을 지켜준다는 그 말이 이상하게 달콤했다.

어쨌든, 공개연애는 좀 더 생각해 보겠다고 말했지만, 그녀 역시 다른 여자의 시선에서 그를 지키고 싶은 마음은 항상 있었다.

그래서 때를 봐서 사람들에게 알린다고 합의 본 두 연인.

그런데 그것 말고도 민호에게 고민 하나가 더 존재했다.

바로 유미의 생일이 다가온 것이다.

아마 그녀는 자신이 아는지 잘 모를 것이다.

하지만 SNS가 발달 된 세상에서 그녀의 생일쯤은 알아보려면 충분히 발견해낼 수 있었다.

문제는 무엇을 해줘야 할지 고민에 빠졌다는 것.

예전 자신의 여자 친구들을 상기해 보았다.

어떤 선물이 가장 인상 깊었을까?

갑자기 생각이 들지 않았다. 생각해보니 그녀들의 생일에 선물이라고 했던 것은 남사스러운 것들이었기에.

이번에도 머리에 가장 먼저 떠오른 것은 바로 속옷.

'해도 될까?'

일단 사무실에서 이것을 받는 여자들의 심리에 대해 알아보기로 했다.

가장 가까운 거리에 있는 사람은 아영이다.

주변에 다른 사람들이 자리를 비우고 틈이 생기자 그녀에게 살짝 물었다.

"혹시 생일에 속옷을 받으면 기분이 어떠십니까?"

"예전에 받아봤는데… 나쁘지는 않았어요. 남자의 흑심이 귀여웠다고 해야 하나?"

"허… 정말이요?"

"네, 전 그랬어요."

한 명으로는 정확하게 표본조사를 할 수는 없다.

집에 있는 여동생과 아는 친구들에게도 물어보았는데, 속옷은 그렇게 불쾌한 선물은 아니라고 말했다.

결국, 최종적으로 지민이를 활용한 민호.

- 지민아.

- 응? 오빠? 오랜만.

- 그… 한 가지 부탁이 있는데….

지민이는 자신과 유미가 사귀는 것을 이미 알고 있었다. 그래서 편하게 털어놓았다. 그가 속옷을 유미에게 선물하려 하는데, 그게 적당한지 속을 좀 떠봐달라고.

잠시 후 지민에게 '오케이' 사인이 떨어지고…

- 한 가지만 더 부탁하자. 유미 씨 사이즈. 그걸 알아야 고를 수 있잖아.

슬프게도 이런 것까지 부탁할 수밖에 없었다. 자신과 유미의 진도는 포옹 이상까지 더 나아가지 못했기에.

그러다 보니 자주 그녀의 도톰한 입술이 연상되었다.

또한, 유미를 만나면 30시간, 포옹하면 40시간의 제한에서 키스는 왠지 더 시간을 연장할 것만 같았다.

문제는 틈이 없다는 것.

참 대단했다. 이전의 남자친구들에게 자신을 지키는 데 얼마나 공을 들였을까.

문자왔숑!

그때 그의 상념을 깨트리는 문자가 도착했다.

지민이의 것이었다. 황급히 내용을 본 민호의 눈이 커지면서 자신도 모르게 혼잣말을 했다.

"C… C컵!"

그는 주변을 둘러보았다. 아영이는 못 들은 척하고 있었고, 다른 직원들은 비웃음을 날렸다.

민호는 자신이 실수했다는 것을 깨닫고 다시 한 번 문자 내용을 확인했다.

정말이었다. 자신이 생각했던 사이즈의 범위를 넘어선 크기.

그러고 보니 요즘 유미의 몸매가 확 변하기는 했다.

운동도 시작했다고 하던데, 그래서 그런가 점점 콜라병 몸매로 변해가고 있었다.

민호의 입에 침이 고이는 것은 자연스러운 남자의 본능인가.

이왕 이렇게 된 것. 빨리 그녀와 결혼하고 싶었다.

어차피 결혼 전에 그녀의 몸을 건드릴 수도 없을 테니 말이다.

한편 유미는 지민이 자신에게 가슴사이즈를 묻자 C컵이라고 둘러댔다.

그 정도는 아니지만, 자신에게 질문하는 지민의 자신감 넘치는 눈을 보자 이상하게 좀 오버하고 싶었다.

'뭐 C컵이 되지 말라는 법도 없지.'

사실 언젠가 그렇게 될 수 있을 거로 예상했다.

민호와 사귀고 있었고, 자신이 살짝 보수적이기는 했지만, 요즘 들어 호기심이 생겼다.

그와 스킨십이 조금 깊어질수록 가슴사이즈가 변화가 생기는데, 혹시 만약 키스라도 한다면?

그걸 상상하자 그녀의 얼굴이 빨개지기 시작했다.

그런데 얼굴이 더 빨개지는 일이 생겼다.

그녀의 생일 전에 오랫동안 속옷을 고른 민호.

예쁘게 포장된 것을 주말에 전달하니…

생일을 알고 있었던 것에 깜짝 놀라는 유미.

더군다나 선물 포장을 뜯고 내용물을 보았을 때, 그녀의 얼굴에 홍조가 감돌았다.

"오해하지는 마. 정말 사심 없이 선물하는 거니까."

"사심 없이? 남자가 정말 사심 없을까?"

"약간 있긴 하지… 뭐, 뽀뽀 정도면 만족하기는 하는 데…."

그 말을 듣고 유미는 잠시 고민하는 모습이었다.

민호는 그게 또 싫었다. 자신 때문에 그녀의 신조를 무너 트리고 싶지 않은 마음.

그래서 농담이라고 말하는 찰나에…

입술에 무언가가 닿았고, 체리 향이 가득 느껴졌다.

드디어 그렇게 고대하던 키스였다.

비록 아주 짧은 입맞춤이었지만, 또한, '딥' 하지 않은 입 술끼리의 부딪침 정도였지만…

그것도 용기를 낸 것이리라.

바로 뒤돌아서서 뛰어들어가는 유미의 모습을 보면 알 수 있었다.

황홀경에 빠진 민호는 안녕이라는 인사도 못 했다.

사실 예전에 그가 했던 첫 키스의 달콤함 이상이었다.

세상 모든 것을 가진 심정으로 돌아오는 길에 그 장면이 계속 떠올라 자꾸 웃음밖에 안 나왔다.

한편, 유미는 붉어진 얼굴로 집에 도착하자마자 방으로 들어갔다.

"밥 먹었니?"

라고 하는 아버지의 말이 귓전을 때렸지만, 표정을 들키고 싶지 않았다.

먹었다고 대답하고 나서 자신의 방 이불 속으로 들어가 머리끝까지 이불을 뒤집어썼다.

콩당콩당. 심장이 뛰는 소리가 들렸다.

가슴이 터져나갈 것만 같았다.

가슴이…

"……?"

생각해보니 가슴이 아팠다.

역시 그녀의 예상대로 들어맞았다. 그와 밀접한 관계가 진전될수록 신체의 변화가 일어나기 시작했다.

이불을 걷어내고 자신의 가슴을 두 손으로 만져보았다.

확실히 달라졌다.

물론 느낌으로만 알 수 없다.

웃옷을 벗었다. 그리고… 툭…, 후크를 풀고 자신의 가슴을 감싸던 것을 내렸다.

화장대 거울 앞에 선 유미.

거울에 비친 자신의 모습에 눈이 동그래졌다.

솟아오른 가슴의 꽃봉오리가 예전과는 완전히 달랐다.

민호가 준 것을 다시 한 번 살펴보았다.

사실은 아까 살짝 봤다.

사이즈는 75C!

그는 지민이에게 물어서 알아냈다고 말했다.

차라리 잘 된 일이다. 어쩌면 이게 맞을지도 몰랐다.

그래서 바로 착용해본 결과…

약간 헐렁했지만, 나쁘지 않았다.

뒤에 후크를 세 개 다 채우면 딱 들어맞았다.

그런데 만약 민호와 더 진도가 나간다면?

다시 그녀의 얼굴이 화끈거리기 시작했다.

⚜

민호의 입장에서도 잊지 말아야 할 게 있었다.

키스한 후 40시간을 넘어 얼마나 더 오래 능력을 주는지
시간을 재봐야 했다.

그렇게 맞은 월요일 아침.

민호는 자신의 변화를 체크해 보았다.

가장 간단하게 할 수 있는 게 기억력 테스트.

예전에 종섭에게 읊은 최근 10년간 국내외 유통시장의

흐름을 떠올리면 된다.

'떠오르지 않는다.'

미세하게 떠오르기는 했다. 하지만 머리가 좋아졌을 때와는 확실히 달랐다.

결국, 기억력의 연장은 없었다.

민호의 얼굴에 실망이 스쳐 지나갔다.

키스를 통해서 얻는 것에 대한 기대가 작지 않았기에 실망이 더 커진 것이다.

그래도 얻은 게 있었다.

지난 토요일 밤 유미와의 키스. 그 달콤한 기억은 아무리 머리가 나빠져도 영원히 잊지 못할 것이다.

어쨌든, 일상으로 다시 복귀해서 주어진 일에 최선을 다해야 할 월요일이 다가왔다.

아침에 유미를 볼 수 없다는 게 좀 꺼림칙했다.

집에서 바로 김포 출장을 가야 한다는 이야기를 들었다.

큰일은 없었지만, 회사 일이라는 게 갑작스러운 업무가 다반사로 발생했다.

역시 그의 불길한 예감이 맞았다.

민호는 나 부장에게 호출되어 A&K 지사로 가라고 들었다.

"거긴…."

민호는 잠시 뒤를 돌아보았다. 종섭의 자리가 비어 있었지만, 그의 일이라는 것을 나 부장에게 전달하기 위해서였다.

"아, 오늘 주주총회가 있어. 나도 그렇고… 몇 명은 여기서 대기해야 해. 하지만 일은 또 일대로 해야 하니까, 자네가 가서 좀 해결해."

주주총회란다. 더더욱 외근 나가기 싫어졌다.

회사에 남아서 그 결과를 알고 싶은 마음이 가득했다.

그러나 거역할 수 없는 상사의 명령이다.

아무리 최근에 민호가 회사에 공헌한 바가 크다고 하지만, 조직사회에서는 상사의 지시가 우선이었다.

"알겠습니다."

힘없는 민호의 대답에 나 부장이 그 마음을 눈치챘다.

그래서 하는 말.

"걱정하지 마라. 우호지분이 다 모였고, 백기사도 등장했다. 아마 이길 거야. 내가 결과 일찍 나오면 바로 전화 줄게."

"네, 알겠습니다!"

이번에는 목소리가 커졌다.

자신의 마음 까지 헤아려주는 나 부장에게 고마운 마음이 들었다.

다행히 머리 쓰는 일은 아니었다.

아주 단순한 업무였기에 민호는 서둘러 나갔다.

물론 걱정되는 부분은 있었다.

영어회화!

그동안 하노라고 했지만, 과연 자신이 케이티와 대화할 수준인지에 대해 확신은 없었다.

일단 부딪혀 보는 거다.

언제까지 특별한 능력에 의존할 수는 없다고 생각한 민호.

머리가 좋아지지 않는 상황에서는 노력으로 극복한다는 장기적인 계획은 가졌다.

지금도 목적지까지 가면서 그녀와 만나서 할 예상대화를 머릿속에 그리며 영어로 연습했다.

약간 지치는 점은 지하철 안이 엄청난 지옥철이었다는 것.

아침 출근할 때에도 끔찍했었는데, 지금 상황도 별반 다르지 않았다.

사실 원인은 민호였다.

그의 몸에서 짙게 발산하는 호르몬이 수많은 여성을 끌어모으고 있었다.

그는 그것도 모른 채 힘든 사투를 벌이며 목적지에 도착했다.

그리고 내렸을 때 자신이 탔던 칸과 다른 칸을 비교하며 의문에 잠겼다.

"뭐야? 내 칸만 저렇게 사람이 많았어? 참, 사람들도… 옆으로 가면 편했을 텐데…."

그러다가 자신도 역시 바보짓을 했다고 여겼다.

'나도 옆으로 갔으면 되었을걸…'

홀릭

HOLIC : 그의 직장 성공기

31회. 주주총회의 결과는?

이미 지나간 일이다. 다음에는 그렇게 하겠다고 다짐하면서 드디어 도착한 곳.

그런데 언제부터 기다렸는지 모르지만, 벌써 마트 앞에 나와 있는 케이티가 보였다.

붉은색 원피스가 그녀의 농염한 매력을 더해주고 있었다.

만약 그가 유미에 빠져 있지 않았다면, 몸에 착 붙은 그녀의 몸매를 아래위로 훑어보았을 텐데…

"민호 씨, 안녕하세요."

"네, 안녕하세요. 왜 나와 계세요?"

"기다렸죠, 민호 씨를. 그리고 그때 기억 안 나세요? 점심 같이 하기로 했잖아요."

"……."

순간적으로 당황한 민호. 그녀의 영어가 너무 빨라서 제대로 알아듣지 못했다.

다만 몇 가지 알아들은 말은 있었는데, 그중 하나가 '런치'였다.

그러고 보니 예전에 자신이 그녀에게 식사 대접을 한다고 말한 게 기억이 났다.

어쩔 수 없이 민호는 그녀에게 더듬거리면서 말했다.

"뭐 드실래요?"

아직 그의 더듬거리는 말을 눈치 못 챈 건지 여전히 웃으며 케이티가 말했다.

"글쎄요. 추천해주세요. 어떤 것이든 상관없어요. 민호 씨가 원한다면."

점점 더 안 들리기 시작했다.

무엇을 원한다는데, 사실 잘 알아듣지 못했다.

민호의 얼굴이 심각해지자, 자신이 무엇을 실수했을까 생각하는 케이티.

그녀는 마음이 아려지면서 안절부절못했다.

그만큼 오늘 민호에게서 발산되는 매력이 짙었다.

신기한 일이다.

지난 토요일 이후 유미를 보지 못한 민호.

40시간이 지나갔다.

머리는 평범해졌는데…

매력은 더 진해졌다!

하지만 안타깝게도 민호는 자신에게 발생한 현상을 전혀 알아채지 못하고 있었다.

그가 아는 건 단 하나.

유미를 통해서 머리가 제한시간을 거치며 좋아진다는 점이다.

그리고 지난 토요일 했던 그녀와의 키스로 그 이상의 지속시간을 기대했지만, 나타난 효과는 없었다고 생각하는 민호였다.

사실은 매력이 좀 더 지속하는 중인데, 그가 알았다면 분명히 시간을 체크했었을 것이다.

어쨌든, 지금은 알아듣지 못하는 영어가 더 문제다.

최대한 집중력을 발휘해서 케이티의 말을 알아듣는 노력에…

"저 그거 먹을래요. 차가운 라면. 냉면이라고 하는데…."

드디어 하나의 단어를 알아챘다.

"아, 냉면! 좋아요… 냉면 먹으러… 가요. 저도… 아주… 아주… 좋아합니다."

아주 간단한 영어로 드디어 물꼬를 튼 민호의 얼굴이 밝아졌다.

그때 케이티는 그의 영어가 예전과는 달라졌다는 것을 알았다.

그래서 이상히 여겼다.

홀릭
_{그의 직장 생존기}   69

"민호 씨, 무슨 일 있어요?"

"……."

"혹시 어디 아프세요?"

"아뇨, 아뇨. 저 안 아파요. 사실…."

민호는 그녀에게 양해를 구해야겠다고 생각했다. 업무 이야기도 해야 하는데, 결국은 자신의 실력이 '뽀록' 난다.

"제가 오늘 영어가 잘 안 되네요… 가끔… 아주 가끔… 그런 때가 있어요."

문맥도 맞지 않은 말이 그의 입에서 가까스로 튀어나왔다.

케이티는 잠시 빙그레 웃었다. 그리고 매력적인 푸른 눈을 반짝이며 이렇게 말했다.

"아, 그래요? 그럼 괜찮아요."

"……?"

"저 사실 한국말 잘해요. 어렸을 때부터 언어 영재로 주에서 발탁되었어요. 미국에서 한국어도 배웠고요. 사실 그래서 한국을 지원했는걸요."

"……!"

민호의 눈이 커졌다. 서툰 발음이었지만, 그녀의 입에서 나오는 말은 한국어였으므로.

갑자기 그녀를 앞에 두고 한국어로 나 부장이나 신 차장과 이야기하던 게 떠올랐다.

다행히 그녀 욕은 없었던 것 같았다.

"그러시군요. 다행이네요."

사실 민호 입장에서 유미를 보지 못했기에 그녀와의 영어 대화가 살짝 불안했다.

회화는 나름대로 늘긴 했다. 돈을 투자한 만큼 학원에서 배웠는데, 전직 영문과 학생이라 이제야 서툴게 회화가 가능한 상황.

그래도 그녀가 이렇게 한국어로 말하자 훨씬 부담이 덜된다.

부담이 적어지자 민호의 표정이 밝아졌고, 같이 걸으면서 케이티의 눈이 반짝반짝 빛났다.

그의 옆얼굴을 살피는 중이었다.

오늘은 다른 때보다 더 매력적이었다. 민호를 보는 눈이 살짝 몽롱해질 정도로.

드디어 식당에 도착한 이들.

그곳은 여름 막바지 점심시간이라 꽤 붐볐고 시끄러웠다.

하지만 케이티가 들어가는 순간 대부분 남자로 이루어진 손님들의 시선이 한 번 꽂힌 후 돌아가지 않았다.

또한, 민호의 얼굴을 본 후 그들의 표정에는 의아함이 떠올랐다.

그러거나 말거나 민호는 앉자마자 냉면을 주문했다.

열무 냉면을 고르자 그녀 역시 같은 걸로 하겠다고 말했다.

그녀에게 매울지도 모른다고 생각했는데, 아니나 다를까, 케이티는 조금 맵다고 표현했다.

그래도 노력해서 먹는 모습이 좋아 보였다.

그때.

- Shake it! Oh, Shake it! 밤새 나랑 Shake it, Baby~

걸그룹을 좋아하는 재권을 따라서 최근 벨 소리를 바꾼 민호의 전화가 울렸다.

받아보니 재권이었다.

(민호야? 어디?)

"저, 케이티 만나서 밥 먹는 중이에요."

(그… 그래? 언제 와?)

"밥만 먹으면 돼요. 다른 건 간단한 거라서…."

(빨리 와라. 곧 주주총회 한다.)

"어차피 저 못 가는데요, 뭐…."

(아냐. 내가 들여보낸다고 했어. 네 이름으로 저번에 주식 사놨잖아.)

재권이 선물한 건데, 받으려고 하지 않자 거의 미미한 정도라며 어쩔 수 없이 확보한 주식.

나름 민호도 소액 주주였다.

아무리 그래도 일개 사원이 거기에 가 있는 건 좀 그랬는데, 재권이 많이 불안한 것 같았다.

"알았어요. 좀 있다 들어갈게요."

(응. 빨리 와.)

전화를 끊은 민호에게 케이티는 웃으며 뭔가 말하려고 했다.

그런데 다시 민호의 스마트폰이 울렸다.

유미였다.

"여보세요?"

(오빠, 나 오늘 퇴근 바로 할 거야. 기다리지 말라고. 콜록… 콜록…)

"어? 감기 걸렸어? 왜 기침해?"

(응. 최근에 괜찮았는데, 오늘 아침 일어나자마자 딱 걸려버렸네. 헤헤.)

민호는 안타까웠다. 이제 유미가 아프면 속상했다.

사실 그녀 역시 민호와 접촉 없는 40시간이 흘러가서 생겨난 현상이다.

대신 오늘은 민호에게 선물 받은 75 C컵! 속옷을 착용하고 김포로 출근했다.

가슴 크기의 변화는 없었다는 이야기다.

한편 민호의 전화 통화를 지켜보던 케이티.

사실 사람의 표정과 말투로 많은 게 느껴진다.

이제 케이티는 민호에게 여자가 생겼다는 것을 깨달았다.

가슴이 철렁했다. 그러면서 인상이 굳어졌다.

반대로 케이티의 얼굴이 굳은 것을 전혀 눈치 못 챈 민호.

계속 유미와의 대화에 집중했다.

통화가 끝나고 민호는 케이티에게 이렇게 말했다.

"케이티 때문에 직장에서도 인정받고 좋은 일만 계속 생기는 거 같아요. 정말 고마워요."

"아니에요. 저도 잘 돼서 좋네요."

다시 얼굴을 밝게 하는 케이티.

돌연 일어나더니 카운터로 가서 화장실을 물었다.

돌아왔을 때에는 민호가 계산까지 하고 그녀를 기다리던 중이었다.

잘 먹었다는 인사와 다음에 또 식사하자는 말이 오간 후 헤어진 두 남녀.

남은 여자의 푸른 눈에 아쉬움이 가득 담겼다.

그 아쉬움을 보지 못한 민호의 머리에는 주주총회로 차 있었다.

그래서 서둘러 회사로 복귀했을 때, 로비에서 두 사람을 볼 수 있었다.

그 사람들이 바로 L&S가의 두 형제, 안재현과 재권이다.

그들의 표정은 매우 애매했다.

저번에 본 안재현은 무표정이었으며, 그의 뒤에 있는 재권 역시 주눅이 든 얼굴이었다.

그나마 민호가 재빨리 다가가자 약간 표정을 풀며 입을 열었다.

"민호야, 잠시만 기다려. 형님 배웅 좀⋯."

"그럴 필요 없어. 따라오지 마라."

"형… 형님…."

불러도 대답 없는 안재현.

밖으로 나가서 자신의 기사가 대놓은 차량을 타고 휭 가버렸다.

그에게 찬바람이 부는 것만 같았다.

지금만 봐서는 주주총회의 승자는 안재현 같지는 않았는데, 그래도 모른다.

그 때문에 재권을 부른 민호.

"과장님. 어떻게 됐습니까?"

민호의 질문에 뒤돌아선 재권.

그의 눈에 심한 내적 고통이 묻어나왔다.

그래도 물어본 것에는 대답해주었다.

"이겼어…."

"정말입니까? 하하하. 역시 그럴 줄 알았습니다."

"……."

"그런데 표정이 왜 그 모양입니까? 기뻐해야 할 일 아닙니까?"

"이제 형과 나는 돌아올 수 없는 강을 두고… 다시는 좁힐 수 없으니까…."

민호는 그의 착잡한 심정이 느껴졌다.

하지만 동조할 수 없었고, 그러고 싶지도 않았다.

오히려 굳은 목소리로 이렇게 말했다.

"마음 굳게 먹으십시오. 이제부터 시작입니다. 어쩌면 저쪽에서 어떤 반격을 해올지 모릅니다."

그 말에 재권은 고개를 끄덕였지만, 역시나 아직은 극복해야 할 게 많아 보였다.

사무실에 들어가자마자 나 부장이 민호를 회의실로 부르며 밝은 얼굴로 말했다.

"박빙이었지만, 우호지분의 결집으로 경영권 방어에 성공했어. 이제는 독립만 남았어."

"와아, 잘됐네요."

이미 알고 있는 일이라서 뒷북이었지만, 민호는 최대한 표정 연기를 하면서 기쁜 표정으로 나 부장의 이야기를 들어주었다.

유리 회의실에서 나왔을 때, 신 차장 또한 반복된 이야기를 했다.

이들에게는 소속감이 느껴졌다.

그리고 회사에 소속된 지 얼마 안 되는 민호도 마찬가지.

그런 그가 더 좋아할 일이 생겼다.

재권이 멘탈을 회복했는지, 퇴근 즈음에 자신을 불러서 이렇게 말했다.

"아까 사장님하고 이야기 나누었는데, 이번 하반기 대리 승진에서 자네의 이름이 새겨질 거야. 미리 축하해."

민호의 얼굴에 웃음이 그려졌다.

이제 종섭보다 더 빠른 승진 따위는 생각나지 않았다. 아직 명확하지는 않지만, 무언가 더 큰 꿈을 그리고 싶었다.

단 하나. 불길한 예감 하나가 들었다.

말로 딱 설명할 수 없지만, 안 좋은 일이 일어날 것 같다고 해야 하나?

갑자기 '호사다마'라는 말이 떠올랐다.

어서 계획을 점검해야 했다. 변수를 예측하고, 다시 정리해서 불길한 예감이 맞아떨어진 그것을 조사하는 게 중요한데…

현재 유미가 없었다.

빨리 유미를 보았으면 좋겠다고 생각했지만, 그녀는 오늘 출장지에서 바로 퇴근한다고 아까 전화로 알렸다.

더군다나 아프다니 불러내는 것은 피해야 할 일.

아무리 머리가 좋아지기 위해서 그녀를 만나야 한다지만, 유미는 자신의 도구가 아니다.

결국, 다음날로 그녀를 보는 것을 미룬 민호.

사건은 바로 그때 터졌다.

다음날 유미와 같이 출근하는데, 회사에 사람이 없어 보였다.

사무실로 들어갔더니 모두의 표정이 좋지 않았다.

나 부장과 재권, 그리고 신 차장이 그를 기다렸다는 듯이 유리 회의실로 불렀다.

물론 뚱한 표정의 종섭과 함께였다.

"뭐… 자네도 별다른 해법은 없겠지만, 큰일이야."

"……."

뜬금없이 하는 나 부장의 말에 민호가 어리둥절했다.

그러다가 아까 들어올 때 회사 내의 분위기가 머릿속에 흘러가며 그의 계산력을 작동시켰다.

"혹시 사람들이 사표를 냈나요?"

HOLIC : 그의 직장 성공기

32회. 거인을 만나다

순간 사람들의 표정에 놀라움이 담겼다.

어떻게 알았느냐는 듯이.

그것을 보고 민호는 안타깝게도(?) 자신이 맞혔다는 것을 깨달았다.

원하던 방향이 아니었기에 민호의 얼굴은 순식간에 굳어갔다.

결국은 이렇게 되어버렸다. 그래서 한숨을 내뱉으며 다른 예측까지 입에서 쏟아져나왔다.

"L&S에서 새로운 무역회사를 만들 예정이군요. 그래서 사람들을 그만두게 하는 거고요."

"맞아. 듣기로는 안재현이가…."

나준영 부장은 잠시 재권의 눈치를 보았다. 안재현은 엄연히 재권의 큰 형이다. 감정을 담긴 했지만, 왠지 모르게 신경이 쓰일 수밖에 없었다.

하지만 한 번 눈치 본 게 다였다.

그나마 욕을 하지 않은 것을 다행이라고 여기라는 듯이 그는 당당하게 말을 이어 나갔다.

"방 전무와 그 일당을 사주했어. 그 라인 대부분이 사표를 내고 새로운 무역회사에서 일하기 위해 오늘부터 준비 작업에 들어갔다는군. 이미 계획하고 있었다는 거야. 이것까지 생각했어야 했는데…."

나 부장의 아쉬움 가득한 설명에 민호는 고개를 끄덕였다.

설명이 끝나자 각자 한마디씩 했다.

"대단히 많은 인원이 사표를 내서 큰일이야. 단시간 내에 공백을 메우려면 남은 사람들의 고생이 벌써 눈에 선해."

"일단 우리가 L&S 그룹에서 빠지게 될 거라고 사장님이 메일로 발송한 게 이번에는 별로 안 먹혔던 것 같습니다."

그리고 신 차장과 재권의 말 뒤에,

"의리도 없군. 의리가 없어. 지금까지 먹여 살려준 회사를…."

나 부장이 의리를 들먹이며 떠난 이들을 비난했지만, 민호는 당연한 결과라고 생각했다.

사실 이것을 예측했어야 했는데, 아직 그가 조직 내 인간관계에 대해 경험이 적었다.

회사에 더 오래 있었다면, 떠날 사람과 남을 사람을 분명히 분류해 놓을 수 있었을 텐데…

그런데 이상한 것은 종섭의 반응이다.

민호가 잠시 그를 보았을 때, 살며시 웃고 있었다. 마치 지금을 즐긴다는 듯이.

도대체 종섭의 저 웃음은 무엇을 뜻하는 걸까?

스스로 자문하는 민호는 여러 가지 정답지를 도출하기 위해 머리를 굴렸다.

그러나 때로는 직접 묻는 게 제일 확실한 방법이다.

맘에 들지 않는 녀석이지만, 지금 회사에는 능력 있는 인재 한 명이 소중한 상황.

특히 지금까지 쌓아온 총 실적에서 종섭의 것은 타의 추종을 불허한다.

혹시나 몰라서 신 차장에게 이것을 말해보니, 그는 걱정하지 말라는 듯이 민호의 어깨를 두드렸다.

"사장 딸이랑 교제하는 놈이야. 아마 배신 때리고 싶어도 그렇게 하지는 못할 거야."

"저도 그렇게 생각합니다. 하지만…"

"됐어, 됐어. 자, 오늘은 내가 데리고 갈 곳이 있으니까 따라 와. 생각해 보니 한 번도 같이 가지 못했어. 하하."

신 차장이 퇴근 후에 민호를 끌고 간 곳은 사우나였다.

직장인의 보금자리. 특히 영업을 주로 하는 그들의 쌓인 피곤함을 언제라도 잔뜩 풀 수 있는 장소가 바로 이곳이었다.

신 차장하고는 처음 와본다.

그래서 신기한 눈빛으로 그를 바라보는 민호.

그런데 뜻밖에 이곳에서 종섭을 만났다.

종섭만이 아니었다. 사우나에는 나 과장도 있었다.

혹시나 여기서 약속하고 자신을 데리고 온 것은 아닌지 궁금해하던 민호는 신 차장도 놀라는 것을 보고 깨달았다.

이 만남은 우연한 돌발적인 거라고.

"부장님…."

"에이, 여기 회사 아닌데, 편하게 불러라. 우리… 친구잖아."

나 부장이 말하자 신 차장이 고개를 끄덕였다.

민호도 들었다. 그들이 입사 때부터 절친이었다는 이야기를.

참 불편할 것 같다고 생각하면서도, 이게 조직사회라는 것을 다시 한 번 느꼈다.

그런데 그를 또 당황하게 만드는 나 부장의 말.

"젊은 사람끼리 등 밀어줘. 오늘은 내 친구 등 좀 밀어주고 싶으니까."

라고 이야기하며, 그와 신 차장은 저쪽으로 건너갔다.

물론 민호는 그럴 마음이 전혀 없었다.

그것은 상대도 마찬가지. 더군다나 종섭은 중요부위를 아슬아슬하게 안 보이려고 노력했다.

이미 지난번 화장실에서 증명되었다.

민호 게 더 크다는 걸로. 자존심 하나에 죽고 사는 종섭은 민호의 근처에도 가고 싶지 않았다.

그런 그의 귀에 들리는 차가운 민호의 목소리.

"설마 사표 내고 내빼려고 하는 건 아니겠죠?"

민호의 그 질문에 종섭은 대답하지 않았다. 그냥 입가에 잔뜩 비웃음만 머금었다.

그러다가 벌떡 일어났다.

일어나면서도 은근히 중요 부위를 가리는 센스!

수건으로 엉덩이부터 중요부위까지 한 아름 두르며 한증막으로 들어갔다.

민호 역시 일어났다.

종섭보다 더 자랑스럽고 당당하게 흔들(?)면서.

거리낄 게 없었다. 물론 한증막으로 들어가자 종섭은 의식적으로 민호의 얼굴만 쳐다보며 비웃음을 머금었다.

"네가 뭔데 나한테 사표를 썼느냐, 마느냐 물어봐? 이제 개념은 밥 말아 먹었냐? 아예 위아래에 대한 상식은 머릿속에서 떠난 거지?"

"글쎄…, 난 그냥 궁금했을 뿐인데… 그리고 여기는 회사가 아니니까 서로 존대를 해줘야 하는 게 정상이지. 아니면 같이 반말하던가…."

민호는 어깨를 으쓱하며 말을 짧게 했다.

그리고 그의 옆에 앉았다.

반면 종섭은 민호의 반말이 거슬렸지만, 애써 내색하지 않고 물었다.

"여기가 네 회사냐? 왜 그렇게 충성하지?"

"언젠가 내 회사가 될 수도 있지. 현재 사장님도 직원부터 올라간 건데, 나라고 그렇게 안 되리라는 법 있어?"

"웃기는군. 뭐… 꿈은 크게 가지라고 했으니까. 어쨌든 너 참 맘에 안 들어. 서로 좀 안 봤으면 좋겠다. 회사에서도 지겨운데, 우연이라도 마주치고 싶지 않으니까."

"일단 회사를 튈 생각은 아닌 거 같네. 그럼 승진을 노리는 거군."

그의 말을 무시하고 한 민호의 말.

드디어 종섭의 표정이 변했다.

이번에는 확실히 맞추었다.

결국, 아까 회의실에서 종섭이 웃었던 이유는 많은 사람이 나갔을 때, 자신에게 떨어지는 유리함에 기뻐서였다.

목적을 이루었으니 한증막에서 일어나야 하건만…

남자들의 승부욕은 한도 끝도 없었다.

민호는 버티고 싶었다. 땀이 온몸에서 비 오듯이 쏟아졌지만, 더 버티고 싶었다.

그것은 종섭도 마찬가지.

비질비질 흐르는 땀방울을 손으로 훑으면서 민호에게 질

수 없다는 생각에 꿈쩍도 하지 않았다.

쓸데없는 짓이 현기증을 불러오고…

만약 신 차장이 한증막 문을 열어서 이 말을 하지 않았다면, 둘 중 하나는 페더급에서 플라이급이 되었을 수도 있었다.

"어? 여기들 있었어? 나와들… 맥주 한잔 하자! 하하하."

⚜

세상일이 다 예측대로 돌아간다면 얼마나 좋겠는가.

언제나 변수가 이들 앞에 기다리고 있는 법.

이번에 많은 사람이 떠난 것은 작은 일이 아니었다.

바로 다음 날부터 회사는 집단 사표의 영향을 받았다.

민호가 있는 창조영업부에도 많은 업무가 할당되었다.

사실 창조영업부는 사표를 쓴 사람이 없었지만, 국내영업부와 해외영업부의 일이 이쪽으로 일부 넘어왔다.

그쪽에서 많은 결원이 생겼다. 당연히 업무가 폭주할 수밖에 없었고, 부서특성 상 유사한 창조영업부가 돕느라 전인원이 퇴근 시간을 넘겨버렸다.

그리고 거의 열 시에 퇴근하는 민호.

"오늘은 고생했으니까, 내가 태워다 줄게."

유미가 일찍 퇴근했기에 민호는 기꺼이 수락했다.

사실 요즘은 지하철이 점점 싫어졌다.

그런데 그의 외제차를 타고 한참을 가던 중에.

– 위, 아래! 위, 위, 아래, 아래!

재권의 취향을 그대로 전달해주는 전화벨이 울렸다.

그 전화를 받은 재권.

갑자기 그의 얼굴이 흙빛이 되었다.

민호는 안 좋은 예감이 또 들었다.

집단 사표도 그의 예상범주를 넘어갔는데, 또 무슨 일이 발생했을까?

그래서 재빨리 물으려는 찰나에…

"아버지가 위독하시데… 가 봐야겠어."

재권의 눈 근처가 부들부들 떨리는 것을 보았다.

그리고…

"과장님!"

빠아아아아아앙!

큰일 날뻔한 순간이 찾아왔다. 갑자기 유턴하느라 직진하는 차와 추돌하기 일보 직전이었다.

겨우 운전대를 꺾자, 균형을 잡은 차 안에서 민호가 재빨리 말했다.

"제가 운전하겠습니다."

결국, 차를 한 편에 세우고 운전대를 교환했다.

침묵이 흘렀다. 그럴 수밖에 없는 게, 언제 돌아가셔도 이상하지 않을 만큼 위독하다는 뉴스를 자주 접했다.

민호는 가끔 생각한다. 재벌 2세로 태어나지 않은 게 참

다행이었다고. 특히, 재권의 처지처럼 어머니가 몇 번째 부인이라는 말을 듣는 상황이라면, 자신의 인생을 원망했을지도 모른다.

그런 의미에서 재권은 자신보다 불행할지도 모른다.

스펙이 좋고, 집안이 좋아도 늘 멘탈문제에 직면하게 되는 이유.

성장 과정에서 지속적인 고난을 겪었기 때문이리라.

그럼에도 불구하고 이제 그는 자신의 파트너라고 생각했다.

그래서 병원에 도착해서도 그의 부탁을 거절하지 못했다.

"같이 올라가 줄 수 있겠어?"

민호는 그의 눈빛을 가만히 보았다. 그 안에 간절함이 새겨져 있었다.

재권의 과거는 잘 알지 못하지만, 어쩌면 자신을 유일한 친구로 생각할지도 모른다.

하긴 통 친구 이야기를 해본 적이 없었다.

그러니 지금 민호가 고개를 끄덕일 수밖에.

엘리베이터를 누르고 특별실로 이동한 두 남자.

삼엄한 경호원들을 기대했는데, 그런 것은 의외로 전혀 없었다.

심지어 사람들 자체가 거의 존재하지 않았다.

민호는 속으로 안 회장의 친인척들이 오고 있다고 여겼

는데, 그게 아니었다.

잠시 후 병실에서 문을 열고 나온 것은 안재현 단 한 명.

그는 찢어진 눈으로 민호와 재권을 바라보며 이렇게 말했다.

"흥. 웃기는 양반이군. 너랑 같이 부르다니."

벌레를 보듯 한 눈빛으로 재권을 바라본 후 그는 지나쳤다.

민호는 그 눈빛에 심한 반감을 느꼈다.

하지만 어떻게 된 상황인지 전혀 영문을 모르는 표정으로 서 있는 재권을 두고 자신이 대신 나설 수는 없었다.

일단 안재현의 최종 목적지는 민호와 재권이 내린 엘리베이터인 듯싶었다.

잠시 후 순서대로…

엘리베이터의 알림음이 그들의 귀에 전해져왔다.

― 문이 열렸습니다.

― 1층.

― 문이 닫혔습니다.

더 말은 필요 없었다. 묻는 사람도 답하는 사람도 없었고, 엘리베이터는 밑으로 내려갔다.

이제 남은 사람 둘은 병실로 가는 수밖에 없었다.

망설이고 있는 재권을 대신해서 민호가 문을 열었다.

그러자 침대에 앉아 있는 노인 하나가 안타까운 표정을 짓고 있었다.

얼굴에 피어있는 검버섯이 그의 남은 생명력을 말해주는 것인가.

민호는 그의 얼굴을 알아보았다. 신문에서 많이 접했기에 모를 수가 없었다.

안판석 회장!

전체적으로는 재권보다는 안재현의 날카로운 모습을 더 많이 닮은 것 같은 이 노인.

그가 바로 비록 한국 10대 그룹의 말석을 차지하고 있지만, L&S 그룹의 주인이었다.

아직까지는…

홀릭

HOLIC : 그의 직장 성공기

33회. 두 가지 유산

안판석 회장은 처음에는 자기 아들을, 그리고 그다음에는 가만히 민호를 바라보았다.

눈썹이 희어서 민호의 눈에는 꽤 인상적으로 보였다.

그러다가 문득 궁금한 재권의 표정.

돌아보니 역시나 재권은 어이없는 얼굴을 하고 있었다.

아무리 봐도 지금 위독한 상황으로는 보이지 않았기에.

그래서 그의 입이 열리며 안 회장에게 이 상황에 대한 질문이 나왔다.

"어떻게 된 겁니까?"

"쟤는 누구냐?"

재권의 질문에 대한 답 대신 또 다른 질문이 안판석 회장의 입에서 흘러나왔다.

물론 민호를 보고 한 물음이었다.

모든 것을 꿰뚫어볼 듯이 민호를 아래위로 보는 노인.

재권은 그 질문에 재빨리 대답했다.

"이 친구는…."

"……."

"제 친구입니다."

기대한 것과는 다른 대답.

하지만 재권의 입에서 친구라고 소개하는 말이 나왔을 때, 왠지 모르게 민호의 마음에는 훈훈함이 자라났다.

동시에 뭔가 많이 어색한 느낌도 생겼다.

심지어 안 회장의 얼굴에도 의외라는 표정이 떠올랐기에, 민호는 추측했다.

어쩌면 재권의 주변에 진짜 친구가 없었을지도 모른다고.

안 회장의 다음 말을 들으니 더 확실해졌다.

아직 죽을 때가 된 것은 확실히 아니라는 듯이, 캬랑캬랑한 목소리가 새어 나왔으니.

"친구라. 좋구나. 네게 친구가 생기다니."

"몇 번 생길 뻔했죠. 헌데 늘 방해받아서…."

그 말이 나왔을 때, 민호의 눈에 띈 안판석 회장의 얼굴에는 짙은 죄책감이 떠오르는 것 같았다.

어쩌면 방해자가 안 회장일 수도 있고, 더 가능성 높은 사람은 안재현 부회장 등 재권의 이복형제 자매일 것이다.

어쨌든 계속해서 민호에 대한 소개가 재권의 입에서 흘러나왔다.

"이 친구는… 그래서 아버지에게 처음으로 소개하는 친구네요."

"……."

"인사 안 하세요? 처음으로 소개하는 친군데…."

"그래, 참 반갑다. 이름이…."

자신의 이름을 물어보는 안 회장에게 민호가 입을 뗐다.

"김민호입니다."

"김민호… 김민호…, 네가 바로 그 김민호구나."

"……."

자신을 아는듯했다. 그래서 어떻게 아느냐고 물어보려는데, 노인의 입이 먼저 열렸다.

"오늘 상민이가 왔다 갔다. 네 이야기를 하더구나. 옛날 생각난다면서. 입에 침이 마르도록 칭찬하고 가서 궁금했는데… 네가 저 녀석 친구라니 한결 안심되는구나."

박상민 사장이 왔을 줄은 미처 몰랐다.

그가 자신을 높이 평가해주는 것 역시.

이럴 때에는 뭐라고 말해야 하나.

높이 평가해줘서 고맙다고?

그런데 또 생각하느라 아무 말 못 하다가 안 회장의 말을 듣게 되었다.

"어차피 나가라고 해도, 우리끼리 할 이야기 있다고 해도, 저 녀석이 너한테 다 말할 거 같으니… 넌 그냥 있어라."

노인이 말한 저 녀석이란 바로 재권이었다. 모든 것을 다 예측한 말.

어차피 재권은 민호에게 다 말하게 되어 있다.

그러니 차라리 같이 듣는 게 낫다고 평가한 것 같았다.

이쯤 되니 민호도 슬슬 당돌해졌다.

"불편하시면 나가도 됩니다. 그런데 오히려 제가 있기를 바라시는 것 같은데요?"

노인의 표정이 살짝 변했다. 얼굴에 조금이나마 놀라운 표정이 그려졌다. 민호가 맞춘 모양이었다. 결국, 민호의 말을 인정하듯이 고개를 끄덕이며 말했다.

"맞다. 내 자식이지만, 심성이 여린 놈이라서… 네가 같이 듣는 게 나을 것 같구나. 이제부터 내가 하는 말 잘 들어라."

"귀를 쫑긋 세우겠습니다. 말씀하십시오."

"하아, 녀석. 배짱도 있구나. 맘에 든다, 맘에 들어. 하하하… 윽."

그렇게 크게 웃던 노인은 갑자기 배가 아픈지 손으로 자신의 복부를 움켜쥐었다.

"아버지…"

재권이 재빨리 다가가서 그를 눕혔다.

그때 민호는 보았다. 재권을 보는 노인의 눈에는 많은 정이 함축되어있는 것을.

이상하게 재권의 어린 시절이 보였다.

아버지가 어린 아들에게 애정을 듬뿍 주는 모습이 상상이 되었다.

물론 누우면서 하는 노인의 말에 상념은 금세 깨졌다.

"에구, 이 녀석. 네가 제일 걱정이다. 네가 제일 걱정이야. 아빠가… 아빠가 아무것도 해주지 못하고 가게 되니…."

"……."

"민호도 이리 와라. 목소리를 크게 내면 배가 아파. 돌팔이들이 구멍이 좀 뚫렸다고 하는데, 어쨌든 가까이 와서 들어줘. 늙은이의 부탁이니."

부탁이라는 표현을 썼다. 한국 경제에서 열 명의 거인으로 불리는 사람이 일개 말단사원에게.

일단 흥미로운 눈빛으로 민호는 앞으로 나섰다.

그러자 그가 가까이 다가왔다는 것을 확인한 노인은 편안한 표정으로 말하기 시작했다.

"아빠가 너한테 선물을 주기도 전에 사람 복은 있는 거 같아. 친구 하나는 그럴듯한 놈으로 골라왔으니."

안 회장은 가끔 '아빠'라는 표현을 썼는데, 그 말을 할 때마다 눈 속에 잔정이 솟구치는 게 보였다.

민호는 또 한 번 깨달았다.

생각 이상으로 안 회장이 재권을 아낀다는 것을.

확실히 두 가지 유산에 대해서 말하는 안 회장의 목소리에 정이 듬뿍 담겨 있었다.

"아빠가 아들에게 남겨줄 건 두 가지야… 하나는 지금 네가 있는 L&S 상사. 상민이랑 잘 운영해 나가거라. 독립한다는 이야기는 하지도 마라. 아직은 아냐. 아직은. 알았지?"

끄덕끄덕.

자연스럽게 재권뿐만 아니라 민호도 동감하고 나섰다.

아무리 그래도 독립이 쉬운 일이 아니다. 대기업 집단에 소속되면 계속해서 일감이 쌓인다.

하지만 나가게 되면 발로 뛰어서 일감을 구해야 한다. 말이 쉽지 누가 대기업 집단에서 버려진 종합상사에 일거리를 주겠는가.

어쨌든, 아까 나간 안재현에게 무언가 단단히 약속을 받은 것 같았다. 민호는 그렇게 짐작했다.

그런 민호를 바라보는 안 회장.

눈빛을 반짝였다. 당장 죽을 것 같이 보이지는 않았지만, 그래도 얼마 못 산다는 이야기를 들었는데…

눈빛 하나만은 달랐다. 지혜와 열정 모두를 포함하고 있었으니.

거기다가 민호의 생각을 종용했다.

그래서 민호는 어깨를 으쓱거리며 말했다.

"일단 저도 최대한 돕겠습니다. 하지만 제가 아드님에게 충성한다는 생각은 하지 마시기를. 저에게 이런 약속을 했습니다. 제가 L&S 상사를 최고로 만든다면, 대표자리를 저에게 주겠다고."

그 이야기를 듣고 노인의 눈에 의혹이 살짝 서렸다. 재권을 바라보며 진짜냐고 묻는 안 회장의 눈.

재권은 고개를 끄덕였다. 농담처럼 한 말이 아니었다. 그 정도의 능력이라면 자신의 아랫사람이 아니다.

사실 현재도 민호가 보여주는 능력은 자기 이상이었다.

회사가 주거니 받거니 하는 대상은 아니지만, 능력 있는 사람이 최고의 자리에 앉아야 한다는 생각.

그게 재권의 머리에 똑바로 박혀 있었다.

그때. 민호의 입에서 추가적인 말이 흘러나왔다.

"물론 아드님을 쫓아내거나 하지는 않겠습니다. 공동 경영이나… 뭐 그런 걸로… 능력만 보인다면요."

"하하하. 하하하… 윽."

민호의 당돌한 말에 다시 웃는 노인은 또 복부에 고통을 받으며 인상을 찌푸렸다.

일단 잠시 정적이 흐르고…

재권을 바라보는 노인의 다음 말이 나왔을 때, 민호의 눈이 커졌다.

"내가 너에게 남겨줄 두 번째는…."

"……."

"종로에 한 사람에게 맡겨놨다. 종로 큰손이라고 하면 다 알아주지. 성은 허 씨고. 그 친구를 찾아가면 받게 되는 거다."

종로 큰 손 허 씨.

안판석 회장의 입에서 그 말이 나오자 민호의 눈과 귀가 더 집중력을 발휘했다.

더 중요한 무언가가, 더 세부적인 보충 설명이 나오면 머릿속에 입력해야 한다.

아니나 다를까, 노인의 입에서는 결정적인 이야기가 나오고 있었다.

"첫 번째는 내가 죽기 전에 너에게 줄 수 있는 유산이지만, 두 번째는 다르다. 내가 죽은 후에 받을 수 있는 거다. 그런데 만약 네가 돈이 급하게 필요하다면… 한 가지 방법이 있다."

"그게 뭔가요?"

"바로…."

"……."

"결혼이다."

재권의 눈이 흔들렸다.

이 상황에서 정략결혼 이야기가 나올 줄은 꿈에도 몰랐다.

반면 민호는 매우 흥미롭다는 표정으로 두 부자를 지켜보고 있었다.

재벌가의 정략결혼!

드라마 재료로도 자주 써먹는 소재가 눈앞에서 펼쳐지고 있었다.

⚜

회사는 사표를 냈던 인원들의 복귀로 정상화되었다.

물론 안 회장의 지시에 따른 안재현의 명령으로 다시 온 것이다.

방 전무는 뻔뻔한 얼굴로 다시 웃고 다녔고, 박 사장과 함께인 순간에도 전혀 불편해하지 않은 것 같았다.

다행히 안정감을 찾은 L&S 상사는 발로 뛰는 상사 맨들이 전보다 더 열심히 일했다.

민호도 마찬가지다.

특히, 이번 하반기 승진을 앞두고 있다는 재권의 말을 들은 이후에 더 열심히 뛰었다.

자격이 있다는 것을 몸소 증명하기 위해서.

그렇게 주중 일주일이 다 지나고 토요일이 되었을 때.

유미와의 즐거운 일을 포기해야 할 계획이 잡혀 있었다.

재권과 함께 종로에 들러야 하기 때문이다.

오전부터 민호의 집 앞에 대기한 외제 차.

종로에 도착해 주차장에 차를 세우고 가는 두 명의 발걸음은 각각 달랐다.

종로 대부업계의 큰손 허 씨를 만나러 가는 민호와 재권의 마음이 서로 달랐기에.

조사한 바에 따르면 그는 대부업만 하는 게 아니었다.

나름대로 여기저기 투자하고, 반드시 성과를 냈다.

무엇보다도 사람 보는 눈이 정확하다고 알려졌었다.

과연 그는 자신을 어떻게 판단할까?

여기서 나오는 각자의 생각.

한 명은 호기심의 눈빛으로, 다른 하나는 내키지 않는다는 마음으로 가는 게 눈에 보였다.

전자는 민호였다.

안 회장은 재권이 받을 돈의 액수를 말해주지 않았다.

따라서 어느 정도가 유산으로 남겨졌는지 매우 궁금했다.

그런데 그걸 알고 싶지 않은 후자, 즉, 재권은 한숨을 내쉬었다.

"휴우… 진짜 나 잡혀가는 기분이야."

"에이, 뭐가요? 일단 사람을 한 번 보고 결혼할지 안 할지 판단하면 되잖아요. 그리고 드라마에서 보면, 정략결혼이란 괜히 하는 게 아닙니다. 아마 큰 힘을 얻으실 거 같은데…."

"으이씨, 지 일 아니라고 함부로 말하네."

정략결혼.

안 회장은 종로 큰 손 허 씨의 막내딸과 재권이 결혼하면 그가 죽기 전에 재권이 그 유산을 받을 수 있다고 말했다.

사실 정확히 말하면 안 회장의 아들 중 허 씨의 막내딸과 결혼하는 사람이 숨겨 놓았던 비자금의 유산 상속자가 된다.

재권의 형제자매들은 모두 기혼이었다.

따라서 마지막 남은 재권이 정략결혼을 할 수 있는 유일한 대상일 수밖에.

여기서 민호는 한 가지가 궁금했다.

"근데 왜 다 거절했죠? 결혼하면 빨리 돈이 생기는데…. 다른 분들은 이걸 몰랐을까요?"

"나도 처음 듣는 이야기라서 모르겠는데, 형님들은 더 집안 빵빵한 상대들이 필요하지 않았을까? 아니면 진짜 몰랐을 수도 있지."

"……."

"아버지는 항상 나를 불쌍히 여기셨거든."

HOLIC : 그의 직장 성공기

34회. 천생연분 1

그 말을 하는 재권의 눈빛이 아련해졌다. 하지만 민호는 그 가능성을 배제했다.

다른 아들들에게도 기회를 줬을 것이다. 대충 예상이 된다. 그들은 다른 선택지를 집어 들었음이 분명하다.

첩의 자식이라고 무시하는 재현만 봐도 알 수 있었다.

자신들의 신분에 대한 과잉의식. 그것 때문에 아마도 대부업체의 딸은 도움이 되지 않을 거로 판단했을 확률이 매우 높았다.

재권도 마지막에는 그 말을 추가했다.

"어쩌면 형들이 거절했을지도 모르지. 사실 부끄러운 이야기인데… 상류사회가 아니면, 끔찍이 싫어하거든."

"그렇습니까?"

"응. 아마 '종로 큰 손'이라는 어감 자체를 듣고 바로 거절했을 거야. 그래서 나에게 행운이 돌아온 거지."

"오오, 그래도 행운이라고 생각하시네요. 아까는 정략결혼이 싫다고 말씀하시더니. 하하하."

"싫지. 난 정말 순수하게 한 여자와 사랑하며 결혼하고 싶었거든. 운이 좋다는 말은 상속에 관련된 부분이었어. 아무튼, 이왕 이렇게 된 거…, 그 딸이…."

재권의 말 줄임이 느껴진 민호.

예측할 수 있었다. 재권이 기대하는 것은 외모적인 것.

돈 많고 쭉쭉빵빵의 여자였으면 좋겠다는 눈빛이 감지되었다.

정략결혼을 하는 데 있어서 어쩔 수 없는 선택이라면, 꿩 먹고 알 먹고 싶은 마음일 것이다.

그래서 미소를 짓는 민호의 앞에 드디어 도착한 곳.

그는 눈을 크게 떴다.

"종로에 이런 한옥이 있다니…."

"그러게. 나도 처음 알았네."

민호가 잠시 놀라자 재권도 같이 입을 벌리고 있었다.

일단 초인종을 누르자 사람이 나왔다.

40대 중년 남자였다.

"누구시죠?"

"저는 안재권이라고…."

민호는 재권이 자신을 소개하는 것을 들으면서 대문이
열린 틈에 안을 살펴보았다.

꽤 넓은 마당이 보였다.

들어가면서 보니 가운데 연못도 보였다.

이런 곳은 과연 얼마나 비쌀까?

새삼 부자가 부러웠다. 그러면서 언젠가 자신도 그렇게
될 수 있을 거로 생각했다.

최근에는 더 큰 목표가 생겼다.

유미와 함께라면 능력이 생긴다.

그것을 활용하라고 신께서 주신 것 아닐까?

천생연분을 만났을 때 받는 능력은 고스란히 그녀와 함
께 평생을 즐겁게 살기 위한 일종의 계시일 것이다.

백년해로를 위해서는 경제적 기반과 안정이 필수이고,
이왕이면 더 높은 곳으로 올라가는 게 좋았다.

그 능력이면 중년의 나이에 최고의 자리에 앉아 있을지
도 모른다고 여겼다.

연못을 보며 든 생각이 여기까지 갔다.

그리고…

이런저런 생각에 안내해 준 방문을 열고 드디어 안으로
들어갔을 때.

"……!"

"……!"

민호와 재권은 깜짝 놀라고 말았다.

조선 시대 배경으로 나오는 드라마에서 볼 법한 고풍스런 방.

그 상석에 앉아 있는 사람은 바로 한복을 곱게 차려입은 여인이 자리하고 있었다.

그녀의 생김새는 매우 매력적이었다.

긴 머리가 어깨 뒤로 넘어가 있었고, 눈은 고양이의 그것을 닮았다.

민호가 살짝 옆을 보았을 때, 재권의 입가에 침이 흐를 정도로 눈에 확 띄는 외모였다.

물론 유미보다 못 하다고 생각한 민호는 침착했다.

또한, 그런 민호를 이채로운 눈으로 바라보던 여인이 입을 열었다.

"어서 오세요. 저는 허유정이라고 해요. 회장님의 연락은 받았습니다. 거기 앉으세요."

허유정은 민호를 바라보는 눈빛을 거두었다.

만약 오늘 민호가 유미를 만나고 왔다면, 쉽게 눈을 떼지는 못했을 것이다.

하지만 금요일 오전에 유미를 본 후 40시간이 지난 시점이다.

이성에게 뿜어내는 매력이 약해진 상황.

그래도 유정은 민호에게 깊은 인상을 받았다.

사실 지금이 아니라 민호를 보기 전부터였다.

그녀는 이미 민호에 대해서 상세히 조사했다.

그녀가 입수한 자료에는 민호는 같은 나잇대에 최상 수준의 인재라고 적혀 있었다.

한편 민호는 그녀의 이름을 듣고 눈을 빛냈다.

지난번 안판석 회장에게 전해 들은 이름이 그녀가 말한 것과 같았기에.

즉, 재권이 치러야 할 정략결혼의 상대자가 바로 그녀였다.

유정의 나이는 그렇게 많아 보이지는 않았다.

약 20대 중반 정도.

그런데 놀라우리만치 침착한 것을 보니 이성이 발달하여 있는 것 같았다.

대부업 큰 손의 피가 그녀에게 흐르고 있는가.

생각은 짧게, 머리 회전은 빠르게.

여기 오기 전에 재권이 부탁했다. 자신 대신 나서달라고.

그래서 민호는 앉자마자 먼저 입을 열었다.

"어떻게 된 겁니까?"

"혹시 누구시죠? 제가 사진으로 본 안재권 씨는 저쪽 분으로 알고 있는데…."

"제가 누군지 이미 알고 계신 것 같은데요."

"……."

민호의 말에 이번에는 눈에 살짝 놀라움이 스친 그녀.

하지만 그 놀란 빛은 비칠 때만큼 더 빨리 사라졌다.

"아뇨. 모르겠습니다."

"그래요? 그럼 원래 그렇게 침착하시나 봅니다. 전 저를 보고 별로 놀라지도, 불편해하지도 않기에 미리 조사한 줄 알았습니다."

"……."

이 말에 대답은 없었다.

사실 느낌이다. 민호가 받은 느낌. 그녀가 자신을 알고 있는듯해서 찔러본 것이었다.

찔러봐야 하는 건 또 하나 있었다.

"좋습니다. 과장님을 모시고 온 이유는 대충 아실 것 같은데…"

"모르겠는데요."

"그럼 설명해드리죠."

민호는 말빨이 세다.

이건 머리가 좋아지기 이전에 갖춘 그만의 능력(?)이다.

배짱도 두둑해서, 웬만한 상황에서 떨지도 않았다.

140대 1의 경쟁률을 뚫고 들어온 결정적인 이유는 그가 토론면접에서 우수한 성적을 거두었기 때문이다.

어쨌든 중이 제 머리를 못 깎는다는 이야기가 있었다.

재권의 이야기다.

제 입으로 맞선 겸 유산 상속에 대해서 말을 꺼내기가 힘들지 않겠는가.

민호에 의해서 자존심을 상하지 않고 적절하게 포장되어 그 이야기가 흘러나오니 재권은 점잖게 앉아서 '님도 보고

뽕도 따는' 모드로 유정을 바라보고 있었다.

그래서 유정의 입이 열리는 순간 기대감이 부풀었다.

"그 이야기도 이미 알고 있습니다. 어르신들끼리 이상한 약속을 한 것 같은데… 요즘 시대에 그런 정략결혼이나 태중 약혼을 저는 받아들이기 힘드네요."

그 말을 듣고 민호는 재권을 바라보았다.

결국, 재권이 맘에 들지 않는다는 뜻으로 해석되어, 그가 실망하지 않을까 염려했다.

아니나 다를까, 그의 눈빛이 출렁이고 있었다.

자신감 부족이다.

또 누군가에게 선택되지 못했다는 심정이 그를 힘들게 하고 있을 것이다.

이럴 때 보면 그가 자신보다 세 살이 많다는 사실이 잘 느껴지지 않으면서도, 성장 과정에서 겪은 여러 일 때문에 이해하기도 했다.

자신을 편하게 생각하며 해 준 어린 시절의 이야기는 안타까웠으므로.

그래서 속으로 한숨을 내쉬면서 다시 재권의 대리인 노릇을 했다.

"그런가요? 다행히 과장님도 애정 없는 결혼에 대해서 마음이 없었는데… 이번 경우는 서로가 뜻이 맞았습니다."

눈살을 살짝 찌푸리는 그녀.

무엇이 맘에 들지 않는 것일까?

아마도 재권이 아닌 민호의 입에서 이런 이야기가 흘러 나온다는 게 탐탁지 않은 모양이었다.

즉, 주도권을 잃고 있었다.

정략결혼을 진행하더라도 적절한 밀당으로 자신이 키를 잡고 가야 한다고 생각한 그녀였다.

그러나 그녀보다 밀당에 강한 임자를 만났다.

역시나 그녀의 찌푸린 눈살에도 아랑곳하지 않고 그는 계속 말을 이어나갔다.

"어차피 오늘 여기에 온 목적이 유산이 아닙니다. 회장 님이 저렇게 살아계신데 받을 수가 없죠. 다만 그쪽에서 거 절했다는 점을 명시해서, 꼭 안 회장님께 전달해주세요. 과 장님이 그런 말을 하는 것은… 꽤 잔인한 일이니까요. 자, 그럼 저희는 일어서겠습니다."

민호는 여기까지 말하고 일어섰다.

일어나는 그를 유정이 날카로운 눈으로 바라보았다.

그녀의 머릿속에 '명불허전'이라는 말이 되새겨졌다.

하지만 민호는 그 눈빛을 보지 못하고 옆에서 약간 넋 놓 고 있는 재권을 바라보며 신호를 해댔다.

이제야 그의 눈짓을 알아챈 재권은 잠시 지체하다가 일 어서 그를 따라 나왔다.

"형님… 침 흘리셨던 거 아세요?"

"내가? 아니… 예뻐서. 솔직히 예쁘지 않아?"

"뭐… 그럭저럭 봐줄 만했죠. 근데 아까 들으셨잖아요.

형님한테 별 관심 없대요."

"윽, 이 자식… 너 가끔 보면 너무 직설적이야. 아픈 가
슴에 다시 상처를 내다니."

이제 허물없이 대화를 나누는 모습.

둘은 안 회장을 보고 나서 가까워졌다.

일종의 공동 운명체로 서로 바라보고 있었다.

"아무튼, 여자 외모에 혹하지 마십시오. 천생연분은 언
젠가 나타나는 법입니다."

"그래? 난 저 여자가 내 천생연분인 거 같은데."

"아뇨. 기다리세요. 나타난다니까요."

어떻게 이렇게 확신할까?

민호가 경험해서 그렇다.

그는 유미가 자신의 천생연분이라고 여겼다.

그래서 특별한 힘을 주는 거라고.

다른 사람들은 천생연분을 만나지 못했다는 생각.

그리고 평생 그럴지도 모른다고 추측했는데, 재권이 언
젠가 만나기를 바라는 마음에 말한 것이었다.

어차피 저쪽에서 거절했으니, 비벼봐야 소용없다는 마음
도 있었다.

다음날.

민호는 자신의 천생연분을 만났다.

요즘은 유미만 보면 입술을 제일 먼저 보게 된다.

하지만 유미는 그에게 말했다.

결혼하기 전 마지막 키스였다면서.

애간장이 녹는 민호는 빨리 결혼을 입에 달고 살았다.

"우리 너무 빠른 거야. 아직은 아니야. 알지, 오빠?"

"그렇기는 하지만… 이왕 이렇게 천생연분인 거… 빨리 하는 게 좋지 않을까?"

"누가 그래? 우리가 천생연분이라고?"

"응? 그냥… 느낌이지. 하하…."

허당 웃음. 가끔 말문이 막힐 때 하는 그의 미소에 유미 역시 같이 웃어줄 때가 많았다.

지금도 그랬다.

그리고 그런 유미의 미소를 보며 마음이 녹아버리는 민호.

다시 한 번 그녀가 자신의 짚신이라고 생각했다.

⚜

인간의 욕심은 끝이 없다.

민호도 인간이다.

고로 민호의 욕심도 끝이 없었다.

마지막 키스라는 유미의 말에 결국 그는 마음속으로 그 '언젠가' 의 기회를 노리게 되는데…

때가 왔다.

바로 여름휴가!

"응? 이번 여름휴가?"

"응. 이번 여름휴가. 어때? 다른 계획 없으면 나랑 여…"

"어디 여행 가자는 말은 아니지, 오빠?"

"…가 생활을 즐기자고…."

하고 싶은 말이 싹 달아났다.

민호는 남자다. 남자는 늑대다. 고로 민호도 늑대였다.

여행을 가자는 의미는 키스 이상도 노려보겠다는 건데, 유미의 말 한방에 계획을 접었다.

그래서 어쩔 수 없는 차선책을 제시했다.

"워터파크?"

"응. 멀리 가지 말고 서울 근교로 가는 게 어때?"

"나 수영 못하는데…."

"수영 못 해도 돼. 워터파크는 수영하러 가는 곳이 아니야. 그리고 만약 수영 배우고 싶으면 오빠가 알려줄게. 오빠 잘해. 정말이야. 거기다가 응급처치자격증도 따 놨어. 무슨 일이 있더라도, 언제 어디서라도 오빠가 지켜줄게. 여름인데… 우리 연인인데… 워터파크 한 번 못 간다는 게 정말 말이 돼? 가자, 응? 유미야, 가자!"

HOLIC : 그의 직장 성공기

35회. 천생연분 2

갑자기 따발총처럼 민호의 입에서 워터파크에 가야 한다는 당위성이 흘러나오고 있었다.

거기다 혹시나 그녀가 자신을 믿지 않을까 봐 심폐소생술과 인공호흡법까지 그의 입에서 쏟아졌다.

물론 마우스 투 마우스 인공호흡이 나오자 유미의 얼굴이 살짝 붉어지며,

"그…그것까지는 안 알려줘도 돼."

라고 말했지만, 어쨌든 유미는 고민했다.

하지만 민호의 간절한 눈빛을 보고 곧 고개를 끄덕였다.

사실 예전에는 수영복을 입지 못할 정도로 깡마른 몸매의 소유자였다.

수영도 못했을 뿐만 아니라 그 몸매를 남에게 보인다는 게 자신이 없었다.

그러나 지금은 아니다.

민호와 함께라면 충분히 창피하지 않을 수준은 되니, 그의 제안에 흔쾌히 승낙한 것이다.

'나이스!'

민호는 속으로 쾌재를 불렀다.

그리고 신중하게 워터파크를 선정했다.

요즘은 인터넷이 많은 것을 알려준다.

'연인과 함께 갈만한 좋은 워터파크'라는 검색어를 치자 나온 몇 곳을 물색하여 조사에 들어갔다.

"서울에서 한 시간 거리라…"

대중교통을 이용해도 되지만, 왠지 그러기는 싫었다.

아무리 근거리라도 유미와 함께 가는 첫 여행.

결국, 휴가 가기 전에 한 가지 소원하던 일을 또 질렀다.

그게 바로 자동차였다.

회사에서 결정적인 역할을 할 때마다 박 사장은 그에게 특별 상여금을 지급했다.

그 돈과 휴가비를 모았더니, 경차 정도는 살 수 있는 여력이 되었다.

그러나 여기서 또 하나 생긴 욕심.

늘 그렇지만 여자 친구를 가진 남자에게는 '가오'가 있다.

사나이 체면에 경차가 웬 말인가.

그는 중형차를 고르기 위해서 자동차 영업점에 도착했다.

그리고 유미에게 불러내서 같이 고르는 즐거움 또한 맛보려고 했는데…

"오빠, 내 생각에는 아직 우리는 경차야."

"경차…? 우리…?"

뭔가 미묘하게 기분 좋은 느낌. 유미가 반대했는데도 불구하고 '우리는 경차야.' 라는 말이 꽤 즐거운 마음이 들게 했다.

"응. 사실 난 안 사면 좋겠지만, 말려도 오빠가 결국 살 것 같으니까… 어쨌든 경차로 하자. 응?"

"그… 그래. 당연하지. 하하하."

그냥 넘어가는 민호. 팔불출이 따로 없었다. 최소한 유미에게는 약한 남자였다.

유미의 아파트에 도착했을 때, 차에서 내려 예쁘게 미소 지으며 민호에게 손 흔드는 그녀.

그 모습에 뿅 간 민호는 순백의 그녀를 지켜주겠다고 마음먹었다.

심지어 그동안 먹었던 엉큼한 마음이 모두 사라져 버릴 지경이었으니…

물론 같이 수영복을 사러 갔을 때에 그 마음은 또 바뀌었다.

형형색색의 야시시한 수영복. 거기다가 비키니가 그의 눈길을 끌었다.

하지만 유미는 영 관심이 없었다.

그래서 그중 핑크색 비키니 수영복을 들고 그녀에게 보여주며 말했다.

"유미야, 이거 예쁜데?"

"응? 그건 너무 노출이 심해…."

"네 몸매는 광고하고 다닐 필요가 있어. 신이 주신 건데… 안 그래?"

"그… 그래도…."

난감한 빛을 보이는 유미. 민호가 아무리 주장해도 여기에서 그녀는 양보할 수 없었다.

결국, 비키니가 아닌 수영복을 샀을 때, 약간 실망했다.

실망한 건 그것뿐만이 아니었다.

다음날 수영복 위에 걸친 흰옷들. 안이 비치기는 했지만, 그의 눈을 즐겁게 해줄 수는 없었다.

'젠장, 요즘은 뭐 이렇게 수영복 위에 걸치는 게 많아?'

하지만 그 실망이 놀라움으로 바뀐 것은 한순간이었다.

물에 들어갔을 때 유미의 육감적인 몸매는 바로 드러나기 시작했다.

민호의 입이 한일자로 그어지다가 입이 쩍 벌어졌다.

거기다가 가끔 물속에서 그녀와 피부접촉을 할 때면 심장이 두근두근 터져나갈 것만 같았다.

처음은 볼만한 몸매였는데, 점점 매력적으로 변한다는 게 혹시 민호의 착각이 아닌가 싶었다.

아주 가끔, 자연스럽게 그의 시선은 그녀의 풍만한 가슴으로 향했다.

선글라스를 가지고 오지 않은 게 천추의 한이었다.

자신의 여자 친구 몸매를 대놓고 보기가 힘들었다.

더 힘든 점은 또 있었다.

과연 결혼 전까지 그녀를 지킬 수 있을까?

민호는 고개를 흔들었다.

둘 중 하나였다.

그녀와 빨리 결혼하던가…

아니면 결혼 전에 그녀와…

이래저래 즐거우면서도 힘든 하루가 시작되고 있었다.

그러다가 미끄럼틀이 눈에 보였고.

"유미야, 우리 저거 탈까?"

"저거…? 좀 무서울 거 같은데…."

"걱정 붙들어 매. 오빠만 믿어."

그는 유미의 손을 이끌고 높은 속도를 자랑하는 2인용 튜브 타기에 도착했다.

그런데 밑에서 봤을 땐 안 그랬는데, 여기 오니 꽤 무서웠다.

줄을 서고 차례가 돌아오자, 괜히 무리수를 썼다는 후회
감도 들었다.

지난번 놀이공원에서 소리를 지르며 남자다움을 포기했
을 때가 생각났다.

그래도 민호는 입술을 꼭 깨물었다.

"자, 무서워도… 오빠만 믿고 알지?"

그 말에 옆에서 고개를 끄덕이는 유미.

드디어 내려갔을 때, 이빨을 꽉 문 민호와 두 손을 번쩍
들며 스피드를 즐기는 유미의 모습이 상당히 대비되었다.

"오빠 또 타자."

"응?"

"재밌었어. 한 번 더 타자."

그녀의 부탁을 들어주고 싶지만, 한 번 더 타다가는 심장
이 터져버릴 것만 같았다.

결국, 민호는 안 되겠다 싶어 유미에게 말했다.

"유미야 저쪽에 일반 수영장 있거든. 거기서 오빠가 수
영 가르쳐 줄까?"

"수영?"

"응. 오빠 수영 잘하거든."

그렇게 마련한 수영 교습 시간.

잘하면 그녀의 몸을 터치할 수 있다는 기대감에 잔뜩 물
들어 있는 민호였다.

"유미야, 잘 봐봐. 나처럼…."

"⋯⋯."

"후읍⋯ 파아⋯ 후읍⋯ 파아⋯."

"그렇게 하면 되는 거야?"

"응. 오늘 한 번에 다 습득하기는 힘들어. 기초부터 배운
다는 자세로. 알았지? 자, 이거 조금 하고 저기 가서 미끄
럼틀 타자."

"응."

그는 벽 잡고 숨쉬기부터 가르쳤다. 그런데 곧 잘하는 유
미, 이어서 가르치는 과정도 매우 빠르게 습득했다.

'이게 아닌데⋯.'

빨라도 너무 빨랐다. 생각보다 운동신경이 매우 좋았다.

그의 계획에 차질이 생겼다.

그녀가 자신이 하는 대로 잘 따라오지 못하면 그녀의 맨
살을 터치하면서 가르쳐 주려고 했는데⋯

'진짜 처음 맞아?'

한편, 유미는 유미 나름대로 깜짝 놀라고 있었다.

자신도 이렇게 잘할 줄은 생각도 하지 못했었는데, 민호
가 하는 대로 팔을 휘젓고 발을 놀리자 앞으로 가기 시작했
다.

즐거웠다. 몸이 약하고 운동신경이 둔했던 과거를 지울
만큼 이렇게 급속도로 배우니 수영이 자신의 체질 아닌가
생각도 들었다.

촤아악, 촤아악.

물을 헤치고 속도까지 내보니 정말 앞으로 잘 갔다.

그러다가 들려오는 민호의 목소리.

"유미야… 너무… 무리는 하지 말고…."

"으응. 알았어, 오빠."

잠시 멈춰서 싱그러운 미소를 지은 뒤에 다시 수영하기 시작하는 유미.

한 시간… 두 시간… 이제 지치는 건 오히려 민호였다.

오기가 발동했다.

여자에게 지고 싶지 않다는 승부욕.

그래서 아무 말도 안 하고 그녀를 쫓아서 계속 수영하다가…

'허억….'

다리에 쥐가 났다. 큰일이다. 이 상황에서 자존심을 내세우는 것은 바보들이나 하는 짓.

"꼬르륵…, 살려 줘! 꼬르륵… 살려주세요!"

"오빠!"

유미가 그 비명을 듣고 와서 그를 당기기 시작했다.

사랑의 힘이런가? 근력 충만, 유미는 그를 데리고 물 밖으로 꺼내오는 것까지 성공했다.

다른 사람들이 신기한 눈으로 쳐다보았지만, 아랑곳하지 않았다.

그럴 수밖에 없는 게 민호가 의식을 잃은 것처럼 보였다.

갑자기 민호가 아까 자신에게 가르쳐준 심폐소생술이 떠올랐다.

가슴 압박과 함께 드디어 마우스 투 마우스가 들어가고…

'흡!'

잠시 쪽팔려서 의식을 잃은 척했던 민호는 드디어 오늘 하루 진한 보상을 받았다.

유미에게는 인공호흡, 민호에게는 지난번보다 진한 키스 이후.

괜찮다고 하는데도 유미는 민호를 끔찍하게 걱정했다.

"정말 괜찮다니까. 정말이야."

"그래도 병원 가자. 응? 무슨 일 있으면 어떻게 해?"

"무슨 병원을… 진짜 괜찮다니까."

자신에 대한 걱정은 기분 좋았지만, 그렇다고 병원을 가고 싶지는 않았다.

결국, 워터파크 의무실로 직행한 민호.

잠시 후 별문제 없다고 이야기 들은 후에 유미는 안도의 한숨을 내쉬었다.

하지만 집에서 안정을 취해야 한다며, 워터파크와 빠른 안녕을 고했다.

사실 저녁이 가까워져서 올 때도 되긴 했다.

아쉬운 것은 내일부터 유미는 가족여행을 간다는 것.

빨리 그녀의 가족이 되어 둘만의 여행을 가고 싶은 민

호였다.

그리고 다음 날.

아침부터 민호에게 걸려온 전화에 잠이 깼다.

재권이었다. 그 역시 민호와 휴가기간이 겹쳤는데, 회사에 출근해 있었다.

(민호야, 저번에 A&K와 거래한 자료 어디 있지?)

"아, 그거 제 컴퓨터에 보시면…."

민호는 폴더의 위치를 설명하며 전화를 끊었다. 하지만 잠시 후 또 재권이 전화하며 다른 자료를 물어보았다.

(민호야, 저번에….)

재권은 정말 노력하고 있었다.

최소한 자신의 약점을 메우기 위해서 휴가까지 반납하며 일했다.

"아, 제가 갈게요. 그건 제가 가서 찾아드려야 해요."

덕분에 민호도 휴가를 반납하고 회사로 들어갔다. 어차피 귀찮게 생각하지는 않았다. 최근 워크홀릭 기질이 생긴 민호였다. 유미도 가족여행을 떠났기에 할 일이 없었으니, 회사로 출근하는 게 더 낫다고 생각했다.

그가 나오자 재권은 웃으며 마음에도 없는 소리를 내뱉었다.

"너까지 나올 필요는 없었는데…."

"아뇨. 저도 해야 할 일이 좀 있어서요."

"아, 그래? 그럼 잘 됐다."

결국, 민호를 반기는 재권. 그것을 보며 민호는 슬쩍 웃음을 보였다. 자신보다 형이지만, 왠지 모르게 동생 같았다.

그 마음을 살짝 접어둔 채 다시 '워크홀릭' 모드로 들어간 민호.

어제 인공호흡 키스(?)로 사기와 두뇌를 완전히 충전하고 나서 하는 일이라 그런지 업무가 머릿속에 잘 들어왔다.

매력도 장난이 아니었다. 옆에 있던 아영이가 가끔 묘한 눈빛을 보일 정도였다.

다만 종섭은 민호를 보며 눈을 빛냈다.

그에게는 신경이 쓰이는 게 하나 있었다.

민호가 복귀한 후 그의 휴가가 도래한다는 점이었다.

그런데 휴가를 딱 하루만 쓰고 돌아온 민호. 예상보다 일찍 복귀한 그가 눈엣가시 같았다. 도대체 왜 저렇게 일을 열심히 하는 걸까?

더구나 주변 상사들이 민호를 칭찬하고 나선다는 게 더 걸렸다.

"이야, 민호야. 천천히 해. 너무 무리하다가 너 쓰러진다. 하하하. 이따 시간 되면 같이 사우나 가자. 응?"

나준영 부장이 친근한 목소리로 이렇게 말하더니, 그다음에 신주호 차장은 아예 민호의 승진을 들먹였다.

"나중에 크게 될 거 같아요. 다음 달 하반기에 승진할 거라고 소문이 쫙 퍼졌던데… 전 불안해요. 이거 저 또 역전 당하는 거 아닐까요?"

　말은 그렇게 해도 기분이 나빠 보이지 않는 신주호 차장.

　그의 이 대 팔 가르마는 여름이 되었는데도 여전했다.

　'젠장….'

홀릭
HOLIC : 그의 직장 성공기

36회. 대리 김민호

그것을 보며 어느덧 종섭의 머리에 '휴가 반납'이라는 단어가 가득 메워지기 시작했다.

신주호 차장이 한 말이 남의 이야기가 아니었다.

잘못하면 자신도 역전당할 수 있었다.

그래서 다음 날도 출근한 민호를 보고 그는 더욱 마음을 굳혔다.

휴가를 반납해야겠다는 결심. 나름대로 라이벌 모드로 들어간 것이다.

한편, 민호는 40시간이 넘었는데도 불구하고 팽팽 머리가 돌아가는 자신을 느꼈다.

'이건…'

이틀 전 유미와 인공호흡했던 게 갑자기 떠올랐다.

거의 확실했다. 시간을 정확히 계산해보기는 쉽지 않았다. 다만 대략 50시간에 가까워져 왔을 때 그 효과가 끝이 났다.

이게 뽀뽀와 인공호흡차이일까?

그렇다면…?

민호의 머리에 갑자기 유미와의 딥한 키스 장면이 떠오르고 있었다.

❧

무더위와 휴가철의 8월이 지나고 드디어 9월이 도래했다.

예전 같으면 가을 냄새가 물씬 풍길 텐데, 요즘 대한민국의 이상 기후는 9월도 덥게 만들었다.

그동안 L&S 상사에는 기쁜 소식이 찾아들었다.

다름 아닌 지난 2/4분기에 무역상사 중 매출액 기준으로 아홉 번째 자리에 위치한 것이다.

순이익 기준으로는 한 칸 더 위인 8위에 해당했다.

고무적인 일이 아닐 수 없었다.

경제신문은 L&S 상사의 약진에 대한 평가로 미주에 내놓은 라면을 들었다.

미국에 사는 동양인들이 특히 좋아하지만, 그 외의 사람들 역시 라면 맛에 중독되고 있다는 뉴스가 쏟아졌다.

나름대로 홍보팀에서 언론과 접선하여 잘 꾸민 것도 있었는데, 그렇다 할지라도 라면이 날개 돋친 듯이 팔린다는 것은 거짓이 아니었다.

이 공이 미국에 직접 가서 루트를 뚫어내고, 그 이후 꾸준하게 관리한 창조영업부 1팀에 있다는 것은 부정할 수 없는 사실.

따라서 늦더위에 시원한 소식이 창조영업부 1팀에 찾아들었다.

민호는 아침부터 로비에서 공지에 쓰여있는 그 기분 좋은 소식을 읽어 보았다.

인사 발령의 검은색 큰 인쇄 글자 밑에 나온 민호의 이름.

– 대리 김민호.

그것이 민호의 얼굴에 미소를 그리게 했다.

입사한 지 6개월 만에 한 승진.

그를 보는 남자들은 질투의 시선이었고, 여자들은 선망의 눈길이었다.

그때. 툭. 툭.

누군가가 자신의 어깨를 치는 느낌에 뒤를 돌아보았다.

거기에는 반가운 얼굴이 웃고 있었다.

"축하해, 민호야. 아니, 김민호 대리. 하하."

"아, 감사합니다. 안 부장님."

자신에게 대리라고 불러주자, 민호 역시 그에게 안 부장
이라는 호칭으로 불렀다.

재권도 창조영업부 1팀이다. 당연히 이번 인사 발령의
중심에 있었다.

과장에서 부장.

어떻게 보면 민호가 파격적인 승진을 한 것 같지만, 사실
은 재권이 더 파격적이었다.

차장을 넘어선 부장이었으니까.

그것도 회사의 핵심부서인 창조영업부를 이끄는 자리에
서.

물론 그의 배경은 민호와 상당한 차이가 있기에, 임직원
들의 불만은 전혀 없었다.

재권과 같이 올라간 사무실에서도 축하의 물결이 이어졌
다.

"야, 민호 씨… 아니다. 김 대리님!"

아영은 그에게 웃으면서 예쁘게 말했다.

민호는 살짝 쑥스러워하며 반응했다.

"아이, 왜 이러세요? '님' 자는 빼셔야죠."

"이제 같은 대리이니까, 서로 존중해 줘야죠. 근데 저도
김 대리, 민호 씨도 김 대리… 위에서 부를 때, 헷갈리겠는
데요?"

"그러게요. 어쩔 수 없이 저는 그대로 민호 씨라고 부르
시면 되겠네요. 하하."

그렇게 민호가 웃자 아영은 시선을 피했다.

그의 미소를 보면 늘 떨리는 마음.

그것을 이겨내기 위해서는 다른 곳을 보는 게 상책이었다.

그러다 보니 살짝 어색해졌다.

무안해진 민호가 고개를 돌리자 자신을 째려보는 종섭이 있었다.

그가 이끄는 창조영업부 2팀도 썰렁하기는 마찬가지였다.

이번 승진대상에서 단 한 명도 들어가 있지 않았기에.

이 때문인지는 몰라도 분위기를 다운시키는데 일조하는 그들이었다.

그래도 이 분위기를 완화하는 것은 신 차장이었는데, 이대 팔 가르마를 두 손으로 슬쩍 만지면서 이렇게 말했다.

"김 대리 두 명이 헷갈리긴 하지. 그러니까 더 좋은 방법은 둘 중 하나가 빨리 과장으로 승진하면 되지 않겠어?"

"그… 그렇죠? 전 추월당하지 않을 거예요. 각오해요! 김 대리!"

아까의 어색함을 재빨리 풀려고 아영이 다시 웃으며 말했다.

민호도 웃으며 그 말을 받으려 하는데, 사무실에 누가 들어왔다.

신 차장이 그를 알아보며 인사했다.

"구 과장?"

"앗, 선배님, 안녕하십니까. 하하하. 여기서 또 한 부서가 되네요. 이거 인연입니다, 인연. 엇, 이 과장! 이야… 말은 많이 들었어. 역시 자네야! 역시 자네라고! 아냐, 이제 자네라고 하면 안 되겠지? 아무튼, 우리 사우나 한번 가자고."

민호의 눈에 비친 구 과장.

성격이 좋다고 해야 하나?

정말 이 사람 저 사람에게 다 인사하고 있었다.

심지어 잠시 사장실에 갔다 온 재권을 보자마자 허리를 90도로 굽히며 이렇게 말했다.

"헛, 안 부장님! 잘 부탁합니다."

"아, 네… 굳이 이렇게까지 인사 안 하셔도 됩니다."

"아닙니다. 제가 허리 굽히는 데에는 회사에서 최곱니다. 하하하."

30대 중반으로 보였다.

코 옆에 왕점이 붙어 있었는데, 웃을 때마다 왕점도 같이 움직였다.

어쨌든, 그렇게 모든 인사가 다 끝나자 드디어 민호와 아영을 바라보며 자신을 소개했다.

"그동안 국내영업부에 있었어요. 이제 우리 회사 최고의 부서로 이동했으니까, 잘 부탁해요. 이름은 구인기예요. 하하하."

"김아영입니다."

"오호, 김아영 대리. 창조영업부의 꽃이야. 아주 예뻐. 응? 하하하."

이번에는 민호 차례다. 자신을 소개하자 그가 눈을 빛내는 것 같았다.

"자네 소문은 많이 들었어. 역시… 딱 봐도 인재야, 인재. 아랫사람을 잘 만나는 것도 복이라고 하는데, 올해 난 대박쯤 되는 거 같아."

씨익 웃으며 하는 말.

모두 칭찬 일색이니 진심을 확인할 수는 없었다.

세상엔 참 많은 사람이 존재한다는 것만 알았다.

그래도 확실한 것 하나. 좀 만만해 보인다는 점이었다.

하지만 그게 착각이라는 것을 창조영업부 회의를 통해 뼈저리게 깨닫게 되었다.

재권이 부장으로서 한 첫 회의의 발언이,

"곧 하반기 인턴사원도 각 팀에 배치될 겁니다. 그 이전에 좋은 기획안이 있으면 기탄없이 말씀해주십시오."

시작되자 종섭이 기다렸다는 듯이 말했다.

"그동안 준비한 게 있습니다."

"말씀하세요, 이 과장님."

"L&S의 대형마트 진출입니다."

"……?"

재권의 얼굴에 물음표가 새겨졌다.

민호는 흥미 있다는 표정이고.

그들의 표정을 보고 신 차장이 드디어 먼저 나섰다.

"이 과장… 이건…, 모든 일에는 신의가 있는 거지. A&K는 우리가 대형마트에 진출하지 않을 걸로 알고 도와 줬다고."

원래 신 차장은 이런 사람이다.

항상 당당하게 할 말 하는 성격은 아니었지만, 신의와 명 분을 중요하게 여겼다.

그래서 종섭을 보며 말리는 것이다.

지난 주주총회 때 A&K가 도와주었다는 속뜻을 전하며.

그때였다.

짝짝짝…

구 과장은 손뼉을 치며 종섭을 칭찬했다.

"훌륭한 생각이야. 정말 훌륭해. 역시 인재는 달라. 역 시… 하하하."

이번에는 민호도 놀랐다.

지금까지 가만있다가 찬성하고 나선 구 과장.

그냥 허허 웃는 실없는 사람은 아닌 게 확실해졌다.

당황한 신 차장의 모습이 민호의 눈에 보였다.

하지만 일단 지켜보기로 마음먹었다.

신 차장이 이렇게 더듬거리며 말하더라도 말이다.

"아니… 이… 이봐 구 과장…."

"안 부장님. 아무리 생각해봐도 절묘한 한 수입니다. 어차피 우리가 본사와 분리되지 않았습니다. A&K와 신뢰관계가 걸리기는 하지만, 우리가 먼저 살고 봐야 합니다. 이 과장의 이야기는 상사에서 대형마트 사업을 뛰어들자는 것인데… 못할 건 없지 않습니까? 그렇게 되면 본사도 상사를 어찌할 수 없을 텐데요."

"당장 눈앞의 이득을 챙겨서 뭘 어쩐다고? 미국에 진출한 우리 라면은? A&K의 유통망과 마케팅 없이 버틸 수 있겠어?"

막힘 없이 흘러나오는 구 과장의 말.

미리 준비한 것은 아닐까에 대해 의심까지 들었다.

그래도 여전히 잘 참는 민호가 이번에는 종섭을 바라보았다.

대충 알 수 있었다.

한 명이 토스하면, 다른 하나가 다시 스파이크를 날릴 거라는 예측.

아니나 다를까 신 차장이 따지고 들자 의견을 개진했던 종섭이 다시 냉정하게 말했다.

"그건 사실 식품 쪽 일 아닙니까? 활로를 모색해야 하는 것은 당연하지만, 제일 타격을 입는 쪽은 식품이니 본사에서도 생각이 있었을 겁니다."

"그래도 이건 아니지. 그건…."

"지금은 오히려 자생력을 키워야 할 상황입니다. 경쟁 관계에서 오늘은 적이 내일의 아군이 될 수도 있고, 어제의 친구가 바로 적으로 돌변할 수도 있으니까요."

종섭의 말을 신 차장이 받자, 다시 구 과장이 지원하며 완벽한 호흡을 자랑했다.

결국, 말싸움으로는 종섭과 구 과장에게 당해내지 못하는 신 차장.

도움 요청을 하기 위해 민호에게 신호를 보냈다.

그런데 그는 생각에만 잠겨 있었다.

그러다 마주친 눈은 신 차장 게 아니라 재권의 것이었다.

무슨 생각이 있느냐고 물어보는 눈빛.

민호는 살짝 웃었다.

그리고 입을 열었다.

"이 과장님 의견에 찬성합니다. 저도 사실 같은 기획을 준비하고 있었습니다."

같은 기획을 준비하고 있었다?

그동안 보아왔던 민호의 모습과는 판이했다.

남이 제시한 아이디어를 잘 언급하지도 않을 뿐만 아니라, 종섭의 의견과 일치한 적은 단 한 번도 없었는데.

더군다나 그와 A&K의 밀접한 관계를 고려하면, 회사의 마트 진출 찬성은 예상을 벗어난 것이다.

따라서 모두 뜻밖에 표정을 지을 수밖에 없었다.

그중 가장 놀란 사람은 종섭이었는데, 그는 민호가 반대할 줄 알았을 것이다.

그래서 눈에 강한 의문을 품고 민호에게 이유를 설명해
달라는 식으로 보냈다.

하지만 그의 청은 유일하게 놀라는 표정을 짓지 않은 재
권에 의해서 가로막혔다.

"비록 신 차장님이 반대하셨지만, 두 과장님, 그리고
A&K와 긴밀한 관계를 맺고 있는 김민호 대리가 찬성하고
있습니다. 혹시 신 차장님 이외에 더 반대하실 분 있나요?"

민호와 미리 교감이 되어 있었던 것일까?

표정을 잘 숨기지 못하는 재권이 이렇게까지 나왔다.

오늘은 대리급 이상만 참여하는 회의.

김아영 대리와 창조영업부 2팀 대리도 반대의 의견을 펼
치지 못하자 신주호 차장은 간절한 눈빛으로 재권을 다시
한 번 쳐다보았다.

"그… 그래도… 이건 도리상…."

"죄송합니다. 신 차장님의 의견도 중요하지만, 기획안은
긍정적으로 생각해봐야겠네요."

홀릭

HOLIC : 그의 직장 성공기

37회. 프리미어 마트 1

재권의 얼굴에 미안함이 가득했다. 더 질질 끌면 그 미안함에 무언가를 털어놓을 것 같았는데…

민호가 일어서며 말했다.

"그러고 보니 커피가 없었네요. 제가 가져오겠습니다."

"아니에요, 민호 씨. 내가 가져올게요."

아직도 민호를 '김 대리'라고 부르는 데 익숙하지 않았던 아영.

그녀가 일어나는 민호의 손을 잡았다.

그러자 그녀의 마음에 찌르르 울리는 느낌. 갑자기 얼굴이 붉어져 황급히 나갔다.

물론 아무도 그녀를 주목하지 않아서 눈치챈 사람은 없

었다.

사람들의 이목은 모두 민호에게 다 가 있었으니까.

일단 커피를 가지러 가는 아영이 나가면서 재권은 이렇게 말했다.

"아직 윗선에 보고하지 않을 겁니다. 어차피 조금 있다가 이 과장 제안서도 봐야 하고, 김민호 대리 제안서랑 비교해서 검토가 필요합니다. 그게 끝나고 나서 제가 나 이사님께 보고할 테니, 비밀을 유지해주세요."

마지막 그 말과 함께 회의가 끝났다.

아무도 민호의 의도를 파악하지 못한 채.

민호는 종섭의 궁금해 미치겠다는 얼굴을 보며 의미심장한 미소를 지었다.

하지만 가르쳐줄 생각은 없었다. 극비 중의 극비고 아직 노출되면 어디로 이 정보가 새어나갈지 모르는 일이다.

한편, 구 인기 과장은 못 참겠다는 듯이 회의실을 나오면서 종섭에게 말을 걸었다.

"뭘까? 응? 정말 궁금하네. 뭐지? 이 과장? 궁금하지 않아?"

"……"

하지만 종섭은 민호에게 그 내용을 묻고 싶은 생각이 전혀 없다. 사실 자존심이 그걸 허락하지 않았다.

차라리 자신의 기획안을 더 가다듬는 데 열중하려고 재빨리 책상에 앉았다.

그래도 포기를 모르는 구인기 과장.

그는 웃으며 민호를 떠보기 시작했다.

"김 대리, 무슨 일이야? 따로 기획한 게 뭔데?"

"보안을 위해서 부장님께 따로 말씀드릴 예정입니다."

"뭐?"

물어봤다가 본전도 못 건진 얼굴.

구 과장의 눈빛이 종섭에게 닿았다.

신경 쓰지 않는 척하면서 이쪽에 귀를 기울이는 종섭은 실망의 눈빛을 가득 품었다.

그것을 민호가 보았다.

그리고 예측했다. 이미 구 과장과 종섭 사이에 밀담이 있었다는 사실을.

하지만 상관없었다.

민호와 재권 역시 밀담을 해왔고, 그 성과가 바로 대형마트에 관련된 일이었다.

그 기획을 승진하는 날 발표하기로 했었다.

즉, 민호와 재권 입장에서는 이 기획안이 당연한 과정이었고, 거쳐 가야 할 일부분이었다.

오히려 먼저 말한 종섭이가 이들에게는 의외의 복병이었을 뿐이다.

그리고 잠시 후.

종섭이 제출한 기획안을 대략 훑어보았을 때, 자신들의 것과 매우 다르다는 것을 깨닫고 재권의 얼굴에 미소가 걸렸다.

"알겠습니다. 검토하고 나중에 결과 알려드리겠습니다."

"네…, 그럼."

민호도 재권의 표정을 보고 깨달았다.

종섭이 제출한 기획안은 본질적으로 다르다는 것을.

그렇다면, 종섭은 아예 A&K와 등을 돌리려고 생각했다는 이야기다.

그가 예전에 언급한 '정정당당' 이 생각났다.

최소한 종섭은 그 네 음절을 마음속에서 지워버리는 사람이 확실했다.

그렇다 할지라도 A&K의 업무 협조 가치는 무한대일 텐데…

혹시 후계구도가 약간 불확실하고 박상민 사장의 체제가 굳건하지 못해서 다른 줄을 대려고 한 것일까?

이것까지는 민호와 재권이 파악할 수 없었다.

그래서 그 날 밤 재권이 잘 가는 바에 민호를 초대한 이유.

그 건에 관한 이야기를 나누기 위해서였다.

유미와의 즐거운 저녁 식사를 마치고 바에 갔을 때, 자신을 기다리는 재권을 보며 민호가 다가갔다.

"오래 기다리셨습니까?"

"아니. 근데 기다리면서 생각은 했지. 이제 나도 여자 친구는 있어야겠다고. 그런 의미에서 저번에 허유정이 자꾸 생각나."

그는 외롭다는 말투로 따라놓은 스트레이트 잔을 입에

털어 넣었다.

사실 재권은 늘 외로워했다.

그것을 민호는 그의 성장배경 때문이라고 진단했는데, 그 마음에 빨리 결혼하고 싶다는 말을 종종 들었다.

"하시는 건 말리지 않겠습니다. 그런데 저라면 제 가치를 더 높이고 나서 대쉬할 거예요."

"알아, 알아. 네가 부러워서 그냥 한번 해 본 소리야."

그 말을 듣고 민호는 웃었다.

사실 그가 부러워할 만큼 요즘 그와 유미 사이는 깨소금이 쏟아졌다.

한 가지 아쉬운 점이 있다면, 스킨쉽!

지난 휴가 때 했던 그녀와의 인공호흡이 가장 많이 진도가 나간 스킨쉽일 뿐이다.

그녀는 정말 요즘 시대 사람이 아닌 것 같았다.

그나마 민호가 강한 인내심을 잘 버티는 중이지만, 호시탐탐 그녀의 빈틈을 노리고 있었다.

다만 머리로 다가가지는 않았다.

사랑은 머리가 아닌 가슴이기에.

반대로 지금은 가슴이 아닌 머리로 비즈니스 이야기를 펼치고 있었다.

"일단 어제 스미스가 오케이 사인을 내줘서 다행이었습니다. 그렇지 않았다면, 오늘 이 과장이 기획안을 냈을 때, 대처하기가 꽤 까다로웠을 거예요."

"그 자식… 궁금해 미치겠다는 표정을 짓던데. 하하."

"당연히 그럴 겁니다. 제가 그 입장이었으면 실제로 미쳤을 거고요."

재권은 재미있어 죽겠다는 표정을 지었다.

민호 역시 비슷한 얼굴로 그의 말을 받았다.

그런데 A&K의 지사장 스미스라니…

대형마트 계획이 진작부터 진행되고 있었다는 걸 암시하는 대화.

그러면서 재권이 한 마디 더 추가했다.

"그동안 케이티가 많이 도와줬지. 참 신기해. 그녀가 적극적으로 도와주는 이유가…."

"저는 다른 각도로 봅니다."

"다른 각도라면?"

"그녀와 스미스가 절실해졌다는 거죠."

어차피 L&S의 대형마트 진출은 거의 확실해진 상태였다.

저번에 도와준 것은 본사 경계의 의미였고, 사실 조금 더시기를 늦추자는 의도였는데…

결과적으로 상사는 본사와 분리되지 않았다.

따라서 이번에 손을 같이 잡고 프리미어 대형마트를 추진하자는 제안에 당연히 받아들일 것으로 민호는 예상했다.

양사 합작 형태의 프리미어 대형마트.

뭔가 한국에 널리 퍼져있는 일반적인 형태의 대형마트와는 다른 의미를 내포하는 것 같았다.

민호의 눈에서 야망이라는 불꽃이 새겨지고 있는 걸로 봐서는 특히나 거대한 무언가를 준비하고 있었다.

사실 대단한 자신감이었다.

스미스가 받아들일 거라는 예상.

더 나아가서는 A&K 본사가 사업성을 보고 뛰어들 거라는 예측.

자신의 계획에서 단 1%의 변수도 의심하지 않는다는 의미였다.

재권도 고개를 끄덕이며, 민호의 말에 동의를 표시했다.

"신기한 건 이게 비밀로 계속 이루어져야 한다는 거야."

"맞습니다. 프리미어 마트 계획은 이 과장 모르게 해야 하고, 이 과장이 추진하는 것도 우리 기획안보다 먼저 사장님이 알면 안 됩니다."

박상민 사장과 나준영 이사에게도 알리지 않은 채 추진한 배경. 더 많은 사람이 알면 알수록, 장애가 발생한다는 예감이 들었다.

정확히 말하면, 그룹의 부회장 안재현에게 알려지면 분명히 이를 저지하려고 최선을 다할 것이다.

그래서 말은 안 했지만 걱정되는 게 있었다.

만약 종섭이 재권을 건너뛰고 나 이사에게 바로 이 일을 보고할 경우가 바로 그것이다.

민호 자신도 그런 경험이 있었다.

해외영업부 3팀에 있었을 때, 종섭을 건너뛰고 신 차장에게 라면의 미주판매 기획안을 바로 전달했던 일.

다행히 다음날 그런 조짐은 없어 보였다.

오히려 재권이 그와 동반해서 나준영 이사를 찾아갔다.

"어쩐 일이지?"

"드릴 말씀이 있습니다."

이번에 창조 영업부를 맡았던 나준영 부장도 이사로 승진했다.

그는 드디어 임원이 되었는데, 40대 초반에 이렇게 빠른 성공 가도를 달린다는 것은 괄목할만한 일이다.

항간에는 그가 박상민 사장의 직계 라인이었기에 빠르게 승진했다고들 말한다.

그래도 방용현 전무 등, 박상민 사장의 견제 세력이 아무 태클을 달지 못했던 이유 하나.

바로 올 상반기 창조영업부를 성공적으로 이끌었던 나 이사의 공로가 결정적이었다.

나 이사 또한 지금 자신의 성공은 일정 부분 민호 덕이라는 점을 잊지 않고 있었다.

그래서 재권과 민호에게 프리미어 마트에 대해서 쭉 들으면서 눈빛이 빛날 수밖에 없었다.

그러나 곧바로 민호와 재권이 가지고 온 기획안의 맹점을 지적했다.

"흠. 흥미롭군. 분명히 사업성이 있어. 그런데 회사 자금 사정이 그걸 감당할 수 있을지 모르겠어. 아무리 A&K에서 자금의 절반을 낸다고 할지라도, 일반 마트와는 다르게 프리미어 마트는 초기 자본이 많이 들어가는 것 같아."

그건 사실이었다.

프리미어 마트는 국내외의 고급 품목들을 파는 곳이다.

백화점보다는 가격이 싸도 초기 출자금이 만만치 않았다.

그래서 어제 재권에게 제출된 기획안 중 일반 마트가 좀 더 현실적일 수 있었다.

하지만 민호의 시각에서 본 일반 마트의 문제점은 경쟁력이 없다는 점이다.

이미 점유한 대형 마트와 경쟁해서 신생 후발 주자가 그들을 뛰어넘기에는 장기적으로 봤을 때, 자금이 더 소요될 것으로 내다보았다.

더군다나 A&K와 겹치는 부분이 있다.

그들에게 척을 지고 뛰어들어서 이득보다 손해가 더 크면 안 하니만 못하다는 생각이 들었다.

그게 종섭의 기획안이 주는 약점이라고 여겼다.

그런데 미소를 짓는 나준영 이사의 시선.

"그래도 해답이 있을 거야. 그렇지 않아?"

재권을 거쳐 민호에게 고정되었다.

자금 문제를 들먹이면서도 다음 대책을 요구하는 것이리라.

아니나 다를까, 재권의 보고가 끝나고 난 후 이 질문을 예상했다는 듯이 민호의 입에서 대책이 흘러나오기 시작했다.

"준비해 온 방책이 있습니다."

"그게 뭔가?"

"구의동에 있는 부지를 사용하는 겁니다."

나 이사의 눈에 번쩍 뜨였다.

구의동에 있는 땅은 안판석 회장 지시에 따라 물류센터를 위해 사 놓은 땅이었다.

중요한 건 상사의 부동산으로 돌려놓았다는 점이다.

회장이 몸져누워 있으면서 현재는 전면 보류 상태에 있었다.

그걸 어떻게 발견해냈는지, 다시 한 번 민호의 예리한 눈에 감탄하는 나 이사.

그의 고개가 끄덕여지고 있었다.

마지막으로 나준영 이사의 허가가 떨어졌다.

"프레젠테이션 추진해봐. 일단 사장님께는 내가 보고하지. 그리고 이 과장 기획안은… 잠시 보류하겠네."

"네, 알겠습니다."

"넵!"

종섭의 기획안까지 모두 살펴보고 선택한 나 이사.

그 말을 듣고 기쁨에 들뜬 목소리로 대답하는 민호와 재권.

민호는 특히나 더 기분이 좋았다. 대리 진급 후 첫 번째 기회가 꽤 이른 시간에 찾아왔다. 자신을 증명할 수 있는 절호의 찬스에서 무얼 머뭇거리겠는가.

다만 나 이사의 방을 나와서 내려가는 길에 재권을 다시 한 번 붙들고 말했다.

"부장님, 이거… 아직은 비밀입니다. 아직은 노출되어서는 안 돼요. 일의 진척이 빼도 박도 못했을 때! 그때 프레젠테이션으로 공개할 겁니다."

HOLIC : 그의 직장 성공기

38회. 프리미어 마트 2

민호의 강렬한 눈빛에 재권은 고개를 끄덕이며 말했다.

"걱정하지 마라. 나만 믿어라. 아무한테도 말 안 할 거야. 그런데 이 과장 기획안까지 보여줬던 이유는 뭐야? 비교해보고 상대적으로 우위에 있는 걸 선택하라는 의민가?"

"그런 것도 있지만…."

아까 나 이사에게 기획안을 보여주고 나서 두 번째로 종섭의 것도 제출했다.

일반적인 대형마트 기획안.

종섭도 꽤 유능했기 때문에 기획안에 많은 타당성과 합리적인 비전을 수놓았다.

물론 근본적으로 자금 문제가 끼어 있었다.

초반에 본점 운영으로 씨앗을 뿌려놓자는 말이 쓰여 있었지만, 요즘 마트는 PB 상품을 끼고 운영하기 때문에 오히려 초반에 돈은 더 많이 들 것으로 내다봤다.

결론적으로 재권과 민호의 합작 기획안이 더 효율적이면서 희소성이 있어 성공만 한다면 속칭 '대박'을 칠 수도 있었다.

그런데 민호가 종섭의 기획안까지 나 이사에게 주라는 이유는 상대적으로 우위에 있는 위의 이유 때문만은 아니다.

"분명히 내려가면 그가 물어볼 거 아닙니까? 그때를 대비해서 보여주기는 해야죠."

"……."

"그러니까, 다시 말씀드리지만, 꼭 보안 유지해주세요."

"알았다, 알았어. 하하. 이번엔 정말 나만 믿어 봐. 아무 말 하지 않을 테니까."

그러나 그 말에도 민호는 확신할 수 없었다.

사실 말을 하지 않는다는 게 중요한 것이 아니다. 재권 같은 경우 멘탈이 꽤 약해서 행동으로 그 어색함을 다 보여주고 있었다.

더구나 사무실로 다시 들어갔을 때, 종섭이 다가 와,

"저, 부장님."

하고 부르자 소스라치게 놀라며,

"응! 왜! 왜 그러지? 무슨 일이야?"

"……."

물어본 상대의 의심을 샀다.

그것을 민호가 보고 고개를 설레설레.

그리고 귀에 종섭의 질문이 들리자 촉각을 곤두세우며 둘을 바라보았다.

"제 기획안은 검토하셨습니까?"

"응? 아… 그 기획안…."

"네, 어제 검토하신다셨는데. 지금쯤 결과가 나오지 않았나 해서요."

민호가 알기로 종섭은 매우 눈치가 빠른 사람이다. 나 이사에게 들렀다 오는 걸 감지하고 이렇게 물은 것이다.

"응. 일단 나 이사님께 기획안 드렸지."

"아, 네…."

"아마 검토하시고 나에게 따로 말씀하실 거야. 시간은 얼마 걸릴지 몰라. 그러니까 조금만 기다려 줘."

"……."

말이 많아질 때마다 거짓말이 들통 나는 사람은?

바로 재권이다. 표정으로 다 이야기하고 있었다.

다행히 종섭도 재권의 원래 성격을 최근 파악했다.

뭔가 숨기는 게 있지만, 나 이사에게 자신의 기획안을 제출했다는 건 확실한 것 같았다.

"그냥 솔직히 말씀해주셔도 됩니다. 혹시 까였습니다. 제게 까이고, 김민호 대리 기획안이 채택되었습니까?"

자존심.

이상한 때에 발휘되었다.

사실 자존심보다는 오기에 가깝다. 민호의 기획안에 뒤처졌다고 해도 내 멘탈은 강하다. 까짓것 쿨하게 받아들이겠다.

그 눈빛으로 재권을 바라보고 있었다.

긴장된 순간.

민호는 재권의 입에서 끝까지 부정해주기는 내용이 나오기를 바랐다.

"아니! 그건 아직 몰라. 궁금하면 이 과장이 가서 직접 나 이사님께 물어봐."

별안간 재권의 표정이 진지해졌다.

기대 반 우려 반으로 쳐다보던 민호의 눈이 커지고 말았다.

기대 이상이다. 재권의 저런 모습.

심지어 종섭도 살짝 당황했다.

"아… 아닙니다. 알겠습니다. 일단 기다리겠습니다. 죄송합니다."

물론 자기 자리로 돌아가면서 비친 얼굴에서 민호는 읽었다.

재권의 모든 말을 수긍하는 건 아니라는 것을.

하지만 의혹에 빠진 것은 사실이고, 그런 의미에서 계속 민호와 눈이 마주치는 것을 보니 매우 궁금하다는 게 표정으로 드러났다.

궁금해하는 것은 종섭뿐만이 아니었다.

신주호 차장도, 아영도, 구인기 과장의 눈이 모두 재권과 민호를 번갈아가며 보고 있었다.

그래서인지 몰라도 구 과장이 민호의 어깨에 손을 올리며 애써 반가운 말투로 제안했다.

"김 대리. 오늘 혹시 퇴근 후에 시간 있어?"

"아니요. 할 일이 많아서. 죄송합니다."

"그… 그래? 하하. 그렇지, 역시 인재란 달라. 역시. 그럼 다음에 꼭 술 한잔 하자고. 응?"

"네, 알겠습니다."

"캬아, 이 사람… 시크해서 좋네.

어쩌면 실세파악의 일인자는 구 과장일지도 모른다고 생각했다.

사장의 딸과 사귄다고 해서 종섭이 꼭 그녀와 결혼한다는 보장도 없었고, 결혼 후에도 회사를 이어받는다는 확신은 더더욱 없었다.

아니 박상민 사장의 성향으로 봐서는 나중에 '파격' 적으로 대표직을 누군가에게 넘길 수도 있었다.

물론 그게 민호라고는 생각하지 않았지만, 재권이일 가능성은 꽤 컸다.

그리고 최근 민호와 재권은 죽마고우처럼 붙어 다닌다.

그러니 라인타기를 빨리 결정해줘야 하지 않겠는가?

그런데 민호 입장에서는 실제 오늘부터 밤샘에 들어갈지도 모르는 타이밍이었다.

퇴근쯤에 재권에게 들었다.

나준영 이사가 박상민 사장에게 오케이 사인을 받아냈다는 것을.

다음 주 월요일에 프레젠테이션이 잡혔다. 며칠 남지 않아서 매우 촉박했다.

재권과 민호는 분업하기로 합의했고, 일단 재권은 회사자금 사정에 대해서 타산을 맞추는 일로, 민호는 A&K와의 협업을 위해서 자주 광명에 들락날락 거렸다.

그리고 그가 올 때마다 반가워하는 케이티.

배시시 웃음으로 민호를 맞이했다.

물론 육감적인 몸매는 보너스다.

다만 민호의 눈은 늘 잔잔했고, 하는 이야기는 항상 비즈니스에 초점을 맞추었다.

이미 유미에게 콩깍지가 쓰인 이상 다른 여자는 말 그대로 생물학적인 여성 이상으로 보이지 않는 단계에 이르렀다.

그래도 케이티가 그를 이성으로 느낄 수밖에 없는 이유.

그의 몸에서 발산하는 묘한 매력 때문이다.

지금도 그랬다. 심지어 그가 하는 말도 놓칠 정도로.

"네? 죄송해요. 제가 잘 못 들었어요."

"아, 제 발음이 좀 안 좋죠? 다른 사람처럼 유학 출신도 아니고… 하하하."

"아뇨, 아뇨. 잠시 다른 생각을 했어요. 미안해요. 다시 한 번 설명해주세요."

"부지 이야기입니다. 광진구 구의동으로 하려고 하는데, 입지는 나쁘지 않습니다. 유동인구도 꽤 되고, 서울 시내에서 최고의 부촌은 아니지만, 나름 중산층도 많이 살고 있습니다."

"그런가요?"

"네. 그래서 말인데… 나중에 실 가격을 적용해서 투자 비용으로 책정할 테니까, 양해 부탁합니다."

"그럼요. 그거야 당연하죠."

"그리고 다음으로, 협력업체 문제인데…."

케이티의 협조 덕에 민호의 일은 더 빨리 마무리될 수 있었다.

금요일쯤에는 오히려 민호가 재권의 일을 돕기 시작했다.

그는 오늘 밤을 새워서라도 끝마치기를 원했다.

주말에 최소한 하루 정도라도 유미와 시간을 보내고 싶었기 때문이다.

그 의지 때문일까?

드디어 일이 새벽 한 시쯤 마무리가 되었다.

"역시 김민호! 너 짱 먹어라. 하하하."

"그럼 월요일에 봬요. 저 갑니다."

"야! 야, 술 한잔… 짜식, 엄청 빠르네, 크."

자신의 뒤에서 술 한잔을 말하는 재권을 두고 나가자마자 스마트폰을 들었다.

새벽에 전화까지는 그렇고, 살짝 문자 한 통 날렸다.

물론 대상은 유미였다.

– 내일 오랜만에 데이트?

일단 이 정도로 보내놓으면 내일 아침에 잘 알아듣고 준비하고 있으리라.

그런데…

– 콜!

지금까지 잠을 자지 않았던 것일까?

바로 답장이 왔고, 민호의 얼굴에 기분 좋은 미소가 깔렸다.

그렇게 맞이한 행복한 주말.

유미와 민호는 저녁 식사를 하고 커피숍에 들렀다.

밖이 점점 컴컴해지고 있었다.

하지만 유미의 눈은 민호에게 고정되었다.

요즘 매일 보고 또 봐도 그가 질리지 않았다.

참 신기한 일이었다.

남자 친구를 사귀는 일이 이게 처음이 아닌데, 유미에게 민호는 늘 새로웠다.

능력이 있는 남자라서 마음이 가는 건 아니다.

자신을 지켜준다는 게 점점 신뢰가 갔다.

지금까지 사귄 남자들은 항상 그녀를 어떻게 해보려고 안달이 난 상태니까.

하지만 민호는 절대 그러지 않았다.

그런데 오히려 그게 좀 아쉽기도 했다.

"무슨 생각해?"

"응?"

커피를 마시다가 잠시 생각에 빠진 유미에게 민호가 웃으며 물었다.

연인끼리의 대화 중단이 꼭 큰 문제가 있는 것은 아니다.

가끔 대화의 여백이 필요한 때가 있었고, 지금이 바로 그 순간이었다.

그래도 민호는 그 사이에 유미가 생각한 것을 알고 싶었다.

사실 유미의 일거수일투족이 궁금했다.

누군가와 사귀면서 이렇게 오랫동안 깊은 스킨십이 없어 본 적은 처음.

그래서 그런지 모르겠지만, 그녀에게 향하는 마음이 더 절실하다고 해야 하나?

언젠가 펼쳐 볼 보석을 보듬고 귀중히 여긴다고 생각했다.

"오빠는 예전 여자 친구랑 사귈 때…."

"……."

"아니다."

"뭐야? 무슨 말을 하다 말아."

"그냥 갑자기 알고 싶지 않아서."

얼마나 깊은 사이였는지 물어보려고 했다.

얼마 만에 키스했으며, 얼마 만에 더 깊은 무언가를 했는지 궁금했다.

하지만 그 답을 안다면 강한 질투심에 사로잡힐 것만 같았다.

이것은 민호와 그녀 사이에 별로 좋은 일이 아니었다.

지금 주변만 봐도 그렇다.

많은 여자가 그를 쳐다보고 있었다.

"일어나자, 오빠."

"벌써? 여기 온 지 30분도 안 지났는데…."

"이런 데 오래 앉아 있는 거 싫어하잖아."

"그건 그런데…."

민호는 말끝을 흐리며 자리에서 일어났다.

사실 그 역시 불편했다.

오래 앉아 있는 게 아니라 요즘 유미를 보는 많은 남자의 불편한 시선.

아직 더위가 가시지 않아서 그녀의 흰 살결이 보일 수밖에 없는 옷차림이 꽤 맘에 들지 않았다.

더 맘에 안 드는 것은 그녀의 터질듯한 몸매였다.

에스라인, 콜라병 몸매, 베이글녀.

이 모든 것을 다 붙여놓아도 모자랄 것만 같은 유미였다.

사람이 갑자기 이렇게 변해도 될까?

이쯤에서 민호는 그녀의 노력에 후한 점수를 줘야만 했다.

건강을 위해서 운동을 시작한 그녀가 단시간 내에 저런 글래머가 되다니…

이제 다른 여자에게 시선이 가지 않았다.

물론 예전에 본 여자라면 다르겠지만.

"어?"

바로 지금이 그 상황이다.

상대도 자신을 알아보는데, 살짝 웃으며 인사했다.

"여기서 만나네요."

예전에 상철이가 소개해주었던 도경이었다. 이놈의 기억력은 더욱 좋아져서 그녀의 이름 따위는 전혀 까먹지 않는다.

하지만 지금은 매우 곤란한 상황이다.

옆에 유미가 있기 때문에.

"네, 하하."

라고 대충 웃어넘긴 민호는 빨리 계산대에 가서 카드를 내밀었다.

도경이 뒤에 붙었지만, 더 이야기하고 싶은 생각은 없었다.

당시 소개팅할 때, 유미와 영화약속과 겹쳐서 일종의 더블데이트를 했던 죄책감이 가슴을 찌르고 있었기에.

다행히 유미와 같이 있는 것을 보고 눈치 없게 더 말을 붙이지는 않았다.

홀리

HOLIC : 그의 직장 성공기

39회. 키스홀릭

여기서 잠깐!

인사하고 가야 하나 말아야 하나 고민하다가 전자를 택
한 민호였다.

친구 상철의 동료인데, 앞으로 어디서 또 보게 될지 모르
니 너무 어색한 사이로 끝나면 안 된다.

"전 이만…"

"네, 그럼…"

그렇게 깔끔하게 마무리하고 커피숍을 나왔을 때였다.

민호는 유미의 질문을 예상했다.

'누구야'라는 질문에 대답할 수백 개의 답변을 고르는
그의 두뇌 활동.

머리가 좋아지니 이런 변명거리도 찾기 쉬웠다.

그런데…

"예전에 소개팅했던 여자야."

"응?"

"아까 그 여자."

"아…."

뜻밖에 민호는 고백을 선택했다.

사랑하는 여자를 속이는 것은 아니라는 생각이 들었다.

이번에도 그의 선택이 옳았다. 유미는 배시시 웃으며 이렇게 말해주었으니까.

"고마워. 솔직하게 말해줘서. 대충 예상했어."

"어? 정말?"

"예전에 사귄 사이는 아닌 것 같은데, 어색한 둘 사이. 혹시 소개 비슷하게 만났나? 이런 생각이 났지. 근데 말 안 해줬으면, 오빠 의심했을지도 몰라."

"그… 그래…."

등에 땀이 흘렀다. 정말 잘 선택했다고 스스로 칭찬했다.

그때 팔짱을 끼는 유미.

팔에 탄력 있는 그녀의 가슴이 닿으면서 뭔가 호르몬의 신호가 왔다.

'큰일 났다….'

손을 잡는 것 이상으로 진전이 별로 없던 스킨쉽이었다.

그래서 그런지 갑자기 아래쪽에서 뭔가 크게 동요하며 따로 노는 신체 일부가 그를 미치게 했다.

'음… 프리미어 마트에 대한 자금 투입은… 구의동 부지에 대한 활용은….'

어쩔 수 없이 진정시키기 위해서 일 생각을 하는 민호.

그리고 방향은 주차장으로 향했다.

비록 경차였지만, 드디어 자신의 애마가 생긴 김에…

서울 시내에서 차 끌고 다니는 것이 바보 같은 짓이었지만, 그녀에게 최선을 다해주고 싶었다.

딸깍.

그런데 문을 열고 차에 탔을 때였다.

시동을 걸기 전에 민호가 옆에 있던 유미를 잠시 바라보았다.

참 이상한 일이었다.

그녀가 무슨 생각을 하고 있는지 모르겠지만, 자신을 바라보는 매력적인 큰 눈이 촉촉이 젖어 있었고, 도톰한 입술이 자신을 부르는 것 같았다.

숨이 가빠왔다. 심장이 쿵쾅쿵쾅 뛰었다.

하지만 그의 본능은 이 기회를 놓치지 말라고 신호했다.

그것 때문인지 몰라도 그의 얼굴이 유미에게 점점 가까워지면서…

서로의 호흡을 느낄 정도로 맞닿았을 때!

쿵! 하고 마음속에서 접촉사고가 났다.

모든 것을 다 놓아버렸다는 뜻이다.

그리고 깊은 입맞춤이 시작되었다.

혀와 혀가 얽히면서 각자의 뇌에서 호르몬이 끊임없이 배출되었다.

그 호르몬 작용으로 어떤 변화가 생길지는 예측할 수 없었다.

아니 사실 머리가 좋아지거나 매력이 깊어지는 민호보다, 유미에게 온 신체 변화가 더 눈치채기 쉬웠다.

가슴이 옥죄어지는 기분…

어떤 게 변화하는지 슬슬 인식하기 시작한 유미.

그로 인해 깊은 키스의 몰입이 깨지기 시작했다.

그런데 민호도 마찬가지였다.

호르몬 작용이 나타난 민호의 한 가지 단점은 이성이 더 강해졌다는 것.

그로 인해 생각이라는 것을 하게 되고, 결국 눈을 떴다.

유미의 긴 속눈썹이 보였다.

그녀의 호흡소리와 함께 새근거리는 콧바람이 느껴졌다.

그녀의 눈꺼풀이 움직일 때, 다시 감은 민호의 눈.

그리고 유미의 혀가 상당히 굳어있다는 것도 눈치챘다.

이건 마치…

'키스가 처음인가…?'

그럴 리가 없다고 생각했지만, 그렇게 믿고 싶은 것도 민호의 맘.

그때 갑자기 입술을 떼는 그녀가 느껴졌다.

호흡이 가빠오는 것일까? 그녀는 살며시 자신의 가슴을 눌렀다.

사실 답답했다. 가슴이 계속 답답해서 미칠 것만 같았다.

그 모습을 본 민호는 재빨리 눈을 돌렸다.

자꾸 그녀의 가슴 한 곳으로 눈길이 가기 때문에 억지로 돌린 것이다.

키스 후에 감정들.

무엇을 어찌해야 할지 모르는 서먹서먹함.

특히나 민호는 프로가 아니고 유미는 완전 아마추어다.

일단 민호는 차의 시동을 켰다.

치이이익. 시동이 걸리는 소리와 함께 나오는 노래.

– 키스 미 달링, 키스 미 키스 미 투나잇~

이건 또 웬 그들의 상황과 비슷한 노래가 하필이면 라디오에서 흘러나오고 있을까?

이 노래를 들으면서 그녀는 쑥스러워했고, 민호는 웃었다.

그리고 내민 민호의 손이 그녀의 옆에 와 있었다.

경차 기어 오토매틱을 택한 즐거움.

바로 그녀의 손을 잡고 운전을 할 수 있다는 점이었다.

살며시 자신의 오른손을 잡은 그녀의 부드러운 왼손의 감촉.

그것을 느끼며 민호는 운전하기 시작했다.

잠시 후 유미의 아파트 앞에서 아쉬운 이별의 순간에.

그는 다시 한 번 깊은 입맞춤을 그녀에게 원했다.

하지만 유미는 살짝 웃으며 집게손가락을 좌우로 흔들었다.

"하루에 너무 많은 것을 원하지 마, 오빠."

그렇게 말하고 내리는 유미.

민호는 여전히 그녀에게 눈을 고정했다.

유미가 한 번 뒤돌아보았을 때 손을 흔들어주기 위해서다.

그의 희망은 이루어졌다.

유미는 뒤를 보며 손을 흔들었고, 민호 역시 미소를 지으며 안녕을 고했다.

하나씩 하나씩.

두 연인은 점점 가까워져 갔다.

해보고 싶은 것을 점점 이루면서.

그중 하나가…

오늘의 딥 키스였다.

안타깝게도 민호는 딥 키스가 불러온 효과를 확인해볼 수 없었다.

유미를 볼 수 없는 상황이라면 모를까.

요즘은 하루가 멀다고 그녀와 만나고 있으니 말이다.

어렴풋이 머리 회전이 특히 더 잘 되는 것 같기도 했다.

그러나 이게 얼마의 지속시간이 되는지는 확인하지 않았다.

그걸 확인하기 위해서 유미를 만나지 않기에는 이제 그녀를 사랑하는 마음이 너무나 커져 버렸다.

다만 일요일이 지나고 월요일 아침.

그에게서 흘러나오는 매력지수가 매우 높아져서 많은 여자의 시선을 끈 것은 사실이다.

정작 민호는 프레젠테이션 준비 때문에 오전 내내 바빴다.

심지어 식사도 걸러야만 했다.

그래서 그날 홀로 점심을 마친 유미.

그녀가 화장실로 들어가려는데 두 여성의 대화가 들렸다.

"나 결심했어요, 언니."

"응? 무슨 결심? 김민호?"

'김민호.' 자신의 남자친구 이름이다.

일단 유미는 가만히 듣고 있을 수밖에 없었다.

"오늘 고백할 거예요. 정말이지 오늘 아침… 옆에서 보는데… 말 걸고 싶어서 미치는 줄 알았어요."

"근데 난 도통 모르겠어. 김민호는 우리 신랑보다 별로거든? 그런데 왜 인기가 그렇게 많은 거지?"

"임자 있는 몸은 잘 모르는 그 무언가? 그런 게 있을 거예요. 어쨌든 저 고백하면 어떻게 될까요?"

유미는 안에 들어가서 누가 저런 말을 하는지 확인해보고 싶었다.

그러나 또 다른 여자의 입에서 자신의 이름이 나왔다.

"그런데 기획팀 정유미랑 사귄다는 소문이 있던데?"

"그 소문…."

"……."

"저도 들었어요… 아이 씨. 걔는 예쁘고 가슴도 크고! 정말 재수 없어. 가슴은 특히 옛날엔 안 그랬는데, 분명히 수술한 게 틀림없어요."

"그냥 포기해. 남자 많아. 사실 객관적으로 보면 이종섭 과장이 더 낫더라. 젊은 나이에 빠른 출세, 잘생긴 마스크. 안 그래?"

여기까지 듣고 일단 유미는 몸을 돌렸다. 더 듣고 있는 기분이 썩 좋지만은 않았다.

하지만 저들의 말에서 한 가지 동의하는 게 있었다.

객관적으로 평가하면 민호에게 '넘치는 매력'이, 그것도 여자에게 어필할 수 있는 '강렬한 매력'은 아니라는 점.

화장실에 있던 또 한 명의 여인도 자기 신랑과 이종섭이 민호보다 낫다고 하지 않았는가.

그러고 보니 가끔 여직원 휴게실에서도 미혼 여성과 결혼한 여성의 온도 차가 꽤 존재했다.

기혼녀들은 특히 외모에 대한 평가가 박했지만, 성격이 괜찮다고 말했고, 미혼은 그 반대였다. 자신들에게 눈길도 주지 않는 그가 원망스럽다는 말을 많이 했었다.

혹시 기혼에게는 통하지 않고, 미혼에게 통하는 매력일까?

알 수 없었다. 이제는 알고 싶지도 않았고.

이 상황을 이해하지 못하는 사람은 또 있었다.

그게 바로 종섭이다.

아무리 생각해도 평범하게 생긴 민호가 여자들에게 인기를 구가하고 있다는 점이 이해가 되지 않았다.

더군다나 그 인기남의 자리에 과거 자신이 있었다는 게 자존심이 크게 상한 상황이었다.

또한, 뭔가 재권과 은밀하게 일을 추진하는 것 같은데, 알 수 없어서 답답하기도 했다.

하지만 그 역시 머리 회전이 남달랐다.

지금까지 쌓아온 인맥도 있었기에, 민호와 재권이 최근 A&K를 자주 출입한다는 사실을 포착했다.

그는 드디어 눈치챘다.

새로운 대형마트가 아니라, 기존에 있는 대형마트와 연

합하려는 움직임을.

그래서 그 부분에 대해 회의에서 짚고 넘어가려고 했을 때.

"중대한 발표를 하겠습니다. 지난번 이 과장이 제안하고, 꼼꼼하게 작성한 기획안을 보았습니다. 아주 훌륭했습니다. 그런데 신규진출에 대해서 곰곰이 생각해보니 회사 자금 사정과 어긋나는 부분이 있었습니다. 그래서 결국… A&K와 합작하여 프리미어 대형마트를 합작법인으로 내는 김 대리의 기획안. 그것을 선택할 수밖에 없었습니다. 자세한 설명은 김 대리가 프레젠테이션으로 설명하게 될 겁니다."

재권은 종섭이 무슨 말을 하기도 전해 폭탄선언을 날렸다.

매우 시의적절한 시점.

민호가 이 자리에 없는 이유도 알게 되었다.

이미 프레젠테이션을 위한 회의실에서 민호가 대기하고 있었다.

창조 영업부의 과장급 이상이 들어간 뒤 얼마 안 돼서 박 사장과 핵심 중역 몇 명이 등장했다.

그때 민호는 정중히 인사하며 마이크를 잡았다.

"안녕하십니까. 창조영업부 1팀 김민호 대리입니다."

언제부터 저렇게 당당해졌을까.

아니 원래 그랬었던 것 같다. 다만 자신에게는 저 당당함이 건방짐으로 보였었는데…

민호를 보는 종섭의 눈에 놀라움과 당황함이 새겨졌다.

그리고 민호의 프레젠테이션이 진행되었을 때, 뜻 모를 분노가 그를 사로잡았다.

사실 그것은 질투와 시기심이었다.

어렸을 때부터 늘 최고였었기에 그 감정들은 걷잡을 수 없이 커져만 갔다.

민호를 향한 불타는 눈이더 뜨거워질 수밖에 없는 상황에.

마침 프레젠테이션을 마친 민호 역시 그를 보았다.

이제 종섭을 의식도 안 한다는 걸까?

민호는 환한 미소를 지으며 입을 열었다.

"이상으로 프리미어 대형마트의 기획을 마칩니다. 질문 받겠습니다."

민호가 종섭을 쳐다본 이유는 간단했다.

•늘 자신의 의견에 토를 달았기 때문이다.

물론 항상 태클을 위한 태클은 아니었다.

어떤 경우.

날카롭고 논리적인 말로 민호의 허점을 파고들 때도 있었다.

그것은 경험의 문제였는데, 이제 민호도 경험을 쌓기 시작하면서부터…

"……."

종섭은 침묵할 수밖에 없었다.

대신 다른 중역들이 질문하기 시작했다.

제일 먼저 한 사람은 나 이사였다.

홀
HOLIC : 그의 직장 성공기
리

40회. 프레젠테이션

나 이사는 웃는 얼굴로 이렇게 물었다.

"결국, 중산층 이상을 노리는 고급 대형마트라는 이야기 군. 그런데 그 사람들은 주로 백화점을 갈 텐데… 그게 통할까?"

"그래서 A&K와 협력하려는 것입니다. 해외에서 들여오는 것을 선호하는 구매층들이 분명히 있을 테니까요. 그것에 대해서 A&K와 이야기가 된 게… 저희에게 독점적으로 부여한 품목 선정을 했습니다. 그래서 일반 대형마트에서 팔기 힘든 제품들을 합리적인 가격으로 내놓을 수 있습니다."

고개를 끄덕이는 사람들.

시장성에 대한 판단은 지금 내릴 수는 없지만, 몇 가지 질문에 훌륭히 대답하는 민호에게 신뢰가 갔다.

더군다나 나 이사의 질문은 짜고 치는 고스톱과 같았다.

이미 답을 알고 있는 사람은 자신이 느낀 비전을 더 알려 주고 싶었다.

마지막으로 박 사장이 질문했다.

"아까 보니까 일단 서울과 지방에 각각 하나씩만 둔다고 했어. 그 이유는 뭐지? 혹시 자금 때문인가?"

"네."

이 말을 할 때에는 살짝 긴장해야만 했다.

잘못하면 박 사장의 기분을 건드릴 수 있었기 때문이다.

회사에 돈이 없다는 것을 굳이 대리급이 말하기는 어려 웠다.

그래서 일부러 아까 자금에 대한 보충 설명 없이, 일단 본점 하나와 지점 하나를 운영해서 반응을 보자는 말을 했 다.

"그렇다면… 그것은 자네의 오판이네. 굳이 회사 사정을 자네가 생각해줄 필요는 없어. 비록 자네의 기획안이 훌륭 하지만, 이론과 실제는 다르거든. 만약 사업성이 없으면 절 대 이루어질 수 없는 일이고… 사업성이 있다고 판단한다 면!"

"……"

"난 그 일에 올인하고 싶네."

박 사장의 올인하고 싶다는 생각에 민호는 재권을 보았다.

머리 좋은 그가 예측하지 못한 방향이었다.

따라서 재권을 본 이유는 말려달라는 것이었는데…

"전 반대입니다."

오히려 반대를 부르짖는 사람은 방용현 전무였다.

안재현 라인. 뱀 눈을 가진 남자!

그가 눈을 삼각형 모양으로 만들며 반대하는 이유를 세세히 설명하기 시작했다.

"본사는 현재 자금을 지원하지 않는다는 방침으로 가고 있습니다. 그렇다면 때를 대비해서 자본을 축적해놔야 하는 시기죠. 그런데 새로운 사업에 투자라니요? 당장 투자해서 이윤을 남길 확신도 없는데. 이사회도 이를 승낙하지 않을 겁니다."

사장이 최종 결정을 하는 구조이기는 하지만, 독단적으로 일 처리를 할 수는 없었다.

지금처럼 속된 말로 '올인'을 결재하는 상황에서는 특히 더 그랬다.

반드시 상임과 비상임 모두 모인 이사회의 승인을 거쳐야만 했기에, 그가 게거품을 물고 반대할 수 있었다.

하지만 그의 반대가 오늘 소집된 중역들의 입장을 대변한다는 의미는 아니었다.

"저는 지지합니다. 충분히 사업성이 있는 것 같습니다."

"올인한다는 건… 위험하기는 하지만, 저 역시 프리미어 대형마트 진출에 지지합니다."

"방 전무님이 말씀하신 대로 본사에서 자금을 지원하지 않을 겁니다. 그러니까 더 진출해야 한다고 봅니다. 진출하지 않는다고 해서 돈을 더 챙겨줄 사람들은 아니니까요."

마지막에 나 이사는 아예 대놓고 이렇게 말했다.

눈은 방 전무를 바라보면서.

마치 이렇게 이야기하는 것 같았다.

부회장의 개에게 하고 싶은 말 다할 거다!

그 도발적인 눈을 피하는 것은 오히려 방 전무였다.

뱀의 눈은 이미 자신의 편이 별로 없다는 것을 깨달았다.

그런데 가장 자기편이 아닌 재권의 입에서 오히려 도와주는 말이 나왔다.

"안타깝지만, 저 역시 반대입니다."

사실 그에게 신호를 보낸 사람은 민호였다.

이곳에서 가장 낮은 직급의 사나이.

그래서 발언을 하기가 상당히 조심스러웠다.

예전에는 패기 넘치게 했었고, 지금도 하라면 못 할 게 없지만…

그랬다가는 자신이 원하는 방향으로 회의진행이 이루어지지 않았다.

그래서 눈빛으로 재권에게 말한 것이다.

어서 수습하라고. 이대로 가다가는 진짜 올인 분위기로 흐를 테니까.

"방 전무님의 말에도 일리가 있고, 몇 분 말씀해주셨지만, 올인하다가 수입이 악화하면…."

말끝을 흐리는 재권.

하지만 대부분 중역은 다 알아들었다.

그가 하고 싶은 말이 무엇인지. 하지 못한 말은 어떤 것인지.

박상민 사장도 드디어 인정했다.

그러면서 민호를 바라보았다.

그는 깨달았다. 민호가 아직도 할 말이 남아있다는 것을.

"혹시 더 할 말이 남아있나?"

기회를 주고 싶은 마음을 눈치 못 챌 사람은 없었다.

박 사장의 인재관이다. 자유롭게 멍석을 깔아주고, 그 위에서 마구 뛰어놀라는 의미.

그것을 파악하지 못할 민호가 아니었다.

낄 때 안 낄 때 정도는 눈치로 판별하고, 기회가 주어지자 겸손한 태도로 입을 열었다.

"일단 L&S 상사의 자금과 그에 알맞은 부지 선정을 해야 하는데… 초기 자금 문제에 대해서 해결할 방법이 하나 있습니다."

"……."

박 사장의 눈이 크게 뜨였다.

뭐냐고 바로 묻고 싶었는데, 그것을 눈치챘는지 민호가 해답을 즉시 제시했다.

"자료를 찾아봤는데, 다행히 L&S에서 예전에 사놓았던 땅이 있었습니다. 대지비용이 절감된 상태에서 하니 돈을 아낄 수 있을 것 같습니다."

"그건… 물류센터를 위한 구의동 땅 아닌가?"

"그렇습니다. 그런데 그게 상당히 오래 체류 중이었습니다. 회장님 결재가 나지 않아서 무기한 연기했다는 기록을 보았습니다. 묵히느니 차라리 사용하는 것은 나쁘지 않은 방법입니다."

박 사장의 고개가 끄덕여졌다. 그것을 보면, 대지 문제를 나 이사가 언급하지 않았던 것 같았다.

극적 효과.

박 사장은 표정의 숨김이 없는 사람이니, 이 자리에서 민호의 입을 통해 공개하는 게 훨씬 나을 것으로 생각했을지 모른다.

그게 아니면 박 사장이 연기하고 있거나.

둘 중 어떤 것이 사실이든지 간에 나 이사의 예상이 맞았다.

박 사장뿐만 아니라 모두 고개를 끄덕였다.

민호의 말이 100% 옳았기에 자신들도 모르게 고갯짓이 이루어진 것이다.

이때 민호는 잠시 말을 멈추고 박 사장의 눈을 보았다.

민감한 화제, 즉, '회장님'의 이야기가 나왔기 때문이다.

안판석 회장이 결재하지 않은 것을 이쪽에서 마음대로 한다는 의미.

그것은 실상 L&S 상사가 언젠가 맞이할 독립을 준비한다는 것과 다름없었다.

다행히 박 사장은 그 단어가 내포하는 의미를 이해한 것 같았다. 살짝 고개를 끄덕이는 것을 보니.

그래서 이번엔 민호의 시선이 방 전무에게 향했다.

그는 민호가 말한 의미를 모르는 듯 아까 다른 이사들에게 당한 부분만 곱씹고 있었다.

그 틈에 민호의 말은 다시 이어졌다.

"L&S 건설을 이용하는 것도 절감할 수 있는 두 번째 방법입니다. 자회사끼리는 결제 대금 거래에 충분히 유연성이 있다고 들었습니다. 시기와 금액은 물론 제 소관이 아니지만, 부지와 자회사를 이용한다면, 적은 금액으로 프리미어 마트 하나가 생깁니다."

민호는 이제 두 번째 프레젠테이션을 켜고 있었다.

승인이 나면 바로 밀어붙이기 위해서 또 다른 자료를 준비했었는데…

정확한 판단이었다.

주어진 기회를 이용해서 추가적인 설명을 이어나갔다.

머리가 좋아지면 말도 잘하는가.

사실 대학 때 동아리 회장도 해봤고, 적극적으로 나서는 것은 그 누구 못지않았다.

창의성과 리더쉽, 그리고 토론 능력을 중요시하는 L&S의 면접을 통과한 것은 우연이 아니었다.

그렇게 모든 내용을 구체적으로 완성했을 때.

짝짝짝.

박 사장의 박수 소리가 터져 나왔다.

"훌륭해. 좋아, 아주 좋다고."

짝짝짝짝짝…

다른 중역들도 마찬가지로 두 손 모아 소리로 표현했다.

심지어 방 전무 역시 빨리 박수를 쳐서 찬성을 표시하고 있었다.

그는 이렇게 끝내는 게 절충이라고 생각했다.

올인까지는 원하지 않았다. 그렇게 되면 나중에 자신이 저 위에 앉을 때, 큰 자금압박이 올 거로 여겼다.

동상이몽을 꿈꾸는 군상들.

그런 가운데 유일하게 기뻐하지 않는 종섭의 표정이 민호의 눈에 띄었다.

민호는 씨익 한 번 더 웃어줬다.

당연히 종섭의 마음은 부글부글 끓었다.

하지만 그가 할 수 있는 일은 없었다.

민호의 프레젠테이션과 프리미어 대형마켓에 대한 준비는 완벽에 가까웠으므로.

이제는 더 여기에 있기 싫었다.

그의 귀에 들려오는 민호에 대한 칭찬.

"수고했어. 이거 참… 김 대리가 끝판왕이야. 허허허."

"6개월 만에 승진했는데… 인제 보니 그것도 빠른 게 아니었어."

그 소리가 그를 미치게 만들었다.

한편, 민호는 자신을 칭찬하는 말에 최대한 겸손한 표정으로 고개를 숙였다.

이것이 사회생활이라는 것을 배웠다.

그리고 저기 자신을 가르쳐 준 사람이 흐뭇한 미소를 지으며 서 있었다.

신 차장이었다.

당연히 이날 밤에 그와 술 한 잔 기울이는 시간을 가졌다.

재권도 함께했다.

최근에 그가 소주 맛을 즐기는 이유는 민호를 따라다니기 시작하면서부터였다.

쪼르륵. 쓰지만 달콤한 소주 한 잔.

민호가 따라 준 그 술잔을 부딪치며 건배하는 세 사람의 고개가 젖혀졌다.

첫 잔은 원샷.

목으로 넘어가는 쌉쌀한 맛이 일품이었다.

신 차장을 살짝 표정을 찡그렸다가 쌈 위에 삼겹살을 놓았다.

노릇노릇하게 구워진 돼지고기 위에 파무침과 마늘, 고추를 놓고 마지막으로 쌈장을 위에 올려놓았다.

그리고 내민 손. 방향은 민호였다.

"어, 차장님?"

"먹어, 인마. 이거 먹고 쭉쭉 올라가라."

"네, 하하하."

민호는 거절하지 않았다. 그런 그의 귀에 들리는 신 차장의 목소리.

"이야… 이러다가 언젠가 나를 추월해서 부장 자리에 앉는 거 아냐?"

"에이, 차장님도. 여기 술 한 잔 더 받으십시오. 사실 제가 여기까지 온 건 늘 차장님의 가르침 때문이었습니다."

"에이, 겸손도 지나치면 교만이 되는 법이야. 난 사실 민호 씨 능력에 항상 감탄하고 있어. 처음에는 젊으니까, 창의력도 번뜩이는구나. 이렇게 생각했는데, 보면 볼수록 이건 타고났어. 제 2의 박 사장님을 보는 기분이랄까?"

"헉, 과찬이십니다. 저야말로 차장님께 항상 배우고 있습니다. 머리 쓰는 거가 중요한 게 아니다. 가슴으로 사람을 대하라. 이거 저에게 가끔 해주시는 데…."

탁탁. 민호는 자신의 가슴을 두 번 치더니 신 차장을 똑바로 바라보며 말을 이었다.

"여기에 새기고 있습니다. 진정한 상사맨이 되기 위해서요. 하하하."

진정한 상사맨.

민호가 새긴 꿈이다.

물론 추상적인 의미의 목표였다.

그의 진짜 꿈을 물어본다면…

사실 없다. 없다는 말은 무(無)가 아니라, 무한(無限)이라는 뜻이다.

그것을 위해 다시 출발선에 섰다.

오늘은 서울 광진구 구의동에 그가 나타났다.

L&S 상사의 대지가 있는 곳이 바로 이곳이다.

원래는 그 땅을 물류센터를 지어서 활용하려고 했다.

그러다가 엎어진 이유가 현재 회장인 안판석이 암이 깊어지면서 표류 중에 있었다.

지금은 상사가 본사를 생각하지 않고 독자적으로 가야 할 입장.

어떻게 보면 매우 다행인 일이었다.

일이 되려니까, 비싼 서울 땅을 따로 사들이지 않고 건물을 지을 수 있으니 말이다.

경차를 세우고 밖으로 나왔을 때, 민호의 눈에 대형 마트가 자리할 대지가 펼쳐졌다.

면적은 충분한 것 같았다. 그런데다가 역사와 가깝고 주변 아파트도 고급에 속하는지라 입지는 최상이라고 볼 수 있었다.

그렇게 잠시 대지를 바라보던 그의 전화기가 울렸다.

– Shake it! Oh, Shake it! 밤새 나랑 Shake it, Baby~

같이 오기로 한 나이사였다. 그런데 먼저 행정절차를 밟아야 하는 상황이라서 현재 구청으로 향했는데…

"여보세요?"

(응. 민호야.)

"네, 말씀하십시오."

(여기 일이 좀 길어지네. 네가 그쪽 일을 먼저 좀 처리해야 할 거 같아. 일 마치는 대로 빨리 갈게.)

"네, 알겠습니다. 이사님."

(그래, 그럼 부탁해.)

HOLIC : 그의 직장 성공기

41회. 각자의 위치에서 해야 하는 일

자신을 신뢰하고 있다는 나 이사의 목소리가 느껴졌다.

나 이사가 말한 '그쪽 일'이 꽤 중요한 일이었는데도 불구하고 안정된 목소리니 말이다.

그리고 잠시 후.

미국 포드 사의 토로스 한 대가 민호의 눈에 보였다.

공사를 위해 세워 놓은 바리케이트 입구에서 흙바닥을 달리던 그 차가 곧 민호의 앞에서 멈춰 섰다.

문이 열리며 선글라스를 낀 금발미녀, 케이티가 먼저 모습을 드러냈다.

그 뒤에 스미스 지사장도 내렸다.

약간 뚱뚱한 스미스가 내리는 데 시간을 지체하는 사이

에 케이티가 다가와서 민호에게 웃음을 보여주었다.

"오래 기다렸어요?"

"아닙니다."

민호 역시 웃으며 그녀를 반겼다.

그런데 갑자기 그녀가 고개를 돌렸다.

선글라스를 껴서 눈빛이 보이지 않을 텐데도 불구하고 시선을 부지로 향했다.

계속 민호를 보다가는 마음이 한없이 흔들릴 것 같았기 때문이다.

그러고 나서 눈에 보이는 부지를 보고 하는 말.

"이 정도면 꽤 넓군요. 충분해요."

"그러게. 저번에 프레젠테이션으로 봤을 때에는 잘 몰랐는데, 이 정도가 되면 아주 좋군."

케이티의 탄성을 내는 말에 어느새 다가온 스미스가 고개를 끄덕이며 말했다.

이제 조율의 시간이다.

사업 파트너가 맘에 들어 한다니 시행사와 시공사에 대해서 설명하기 시작했다.

민호는 요즘 노력하기 시작했다.

유미를 만나 얻은 능력만 믿고 아무것도 하지 않는다?

절대 그러지 않겠다는 의미였다.

더군다나 목표가 생겼으니 더더욱 그 머리를 활용했다.

자연스럽게 지금 설명하는 부분에서 상대에게 불완전한 부분을 전달하지 않기 위해 최선을 다했다.

물론 그럼에도 불구하고 스미스는 만만한 사람이 아니었다.

설명이 끝나자 금세 지적하고 나섰다.

"그런데 자회사에서 건축하는 게 좋은 겁니까? 내가 알기로 그쪽에 후계싸움으로 문제가 있을지도 모른다고 들었는데…."

"다행히 건설 쪽은 매우 협조적입니다. 현재 부회장과 대립 관계라서요."

"적의 적은 친구라는 의미인가요? 하하."

"정확한 말씀입니다."

스미스의 질문에 성실히 대답하는 민호.

시행사에 대한 정보를 다시 전달하기 시작했다.

⚜

L&S 건설은 사실 안 회장의 첫 번째 사위 유민승이 대표로 있는 곳이었다.

나이와 경륜으로 따지면 그가 안재현보다 더 깊다.

당연히 후계 싸움에서 한 발을 걸치고 있는 모양새였다.

아무튼, 그룹 후계구도에서 가장 힘센 사람 하나가 있으니, 다른 쪽과 연합을 모색하자는 민호의 의견이었는데, 그 말을 듣고 박 사장이 움직였다.

건설을 직접 찾아가 유민승을 만난 것이다.

그것도 한 번이 아니고, 오늘도 몸소 나와 상대와 독대했다.

"아시다시피 저는 그룹 내 파벌이 있는 것도 아니고, 편법이나 술수를 써 본 적도 없습니다. 제 자랑일지도 모르지만, 순수하게 제 실력으로 이 자리에 올랐습니다."

"험, 험. 알고 있죠. 알고 있습니다."

유민승은 머리 사이로 흘러내리는 땀이 일자 눈썹에 고인다는 것을 알고 한 번 닦아냈다.

사실 갈등할 수밖에 없었다. 박상민 사장과 손을 잡는다는 것.

그 후폭풍이 얼마나 클지 감을 잡을 수 없기 때문이었다.

"얼마 전 회장님이 부르시더군요. 주주총회에서 제가 회사를 지켜냈을 때입니다. 정말 우습게도 본사와! 더 정확히 말하면 안! 재! 현! 부회장과 겨루게 된 그 상황에서, 이번에도 실력으로 이겨냈습니다. 그런데 회장님이 한 번만 더 부탁한다고… 자식 놈이 아직 경험이 없어서 그런 거라고… 그래서 지금 L&S에 붙어 있는 겁니다. 그렇지 않았다면…"

박 사장은 '안재현'이라는 이름을 또박또박 말하며 잠시 여기서 이야기를 끊었다. 그리고 입을 닫았다. 말을 더 이을 수 없다는 의미였다.

하지만 말 줄임표와 같은 그의 여백은 충분히 전달되고도 남았다.

독립. L&S에서 분가하겠다는 의미가 담겨 있었다.

이제 유민승은 고개를 끄덕였다.

"알겠습니다. 사실 건설 경기가 좋지 않아서 저희도 이런 공사를 맡는다면 아주 좋은 일이죠. 다만… 상사의 일을 하는 게, 부회장의 눈에는 크게 거슬릴 겁니다. 그러나… 하겠습니다! 저도 박 사장님이 지금까지 걸어온 길을 다 지켜본 사람 아닙니까?"

"감사합니다. 정말 감사합니다."

"별말씀을요. 잠시 망설였던 것이 죄송할 따름입니다."

결국, 이렇게 손을 잡았다.

그리고 나오면서 박 사장은 느꼈다.

안재현이 L&S를 다 끌고 가기는 힘들 거라는.

이것도 사실 '그 녀석'이 예측한 것이었다.

그래서 차에 탔을 때, 민호가 한 말이 떠올랐다.

- 유민승 사장도 야망이 있습니다. 독립을 꿈꾸고 있죠. 먼저 하는 쪽이 있기를 내심 바라고 있을 겁니다. 그 틈새에 자기도 하려고 하니까요. 아마 못 이기는 척하고 들어줄 겁니다. 어차피 적의 적은 아군입니다. 안재현과 불편한 관계라는 걸 최대한 부각하면 더 좋은 결과를 얻을 수 있습니다.

'대단한 놈이야… 김민호….'

물론 집안의 역학관계를 이용하자는 것.

재권이 민호에게 준 정보를 바탕으로 짠 전략이었으리라.

하지만 사람을 보지도 접하지도 않고 머리 싸움과 심리 싸움을 넌지시 알려주고 있었다.

한편, 재권은 돈을 조금 더 마련하기 위해 허유정을 방문했으며, 종섭은 그룹 자회사를 돌며 빠른 결제 처리를 위해 움직였다.

심지어 안재현의 명령에 따라 사람들을 데리고 집단 사표를 냈다가 돌아온 방 전무와 그 라인들도 나름대로 협조하고 있었다.

반대를 위한 반대는 공감을 얻기 힘들다는 것을 알기 때문이다. 더군다나 급변하는 회사의 역학 구도에서 여기저기 눈치도 봐야만 했다.

이렇게 각자의 역할, 그 자리에서 모두 최선을 다하고 있었다.

지금 하고 있는 일이 나중의 독자적인 갈림길에서 선택할 수 있는 기반이 될 가능성이 점점 자라났다.

그 첫 시작은 프리미어 대형마트였고, 이제 그 시작을 위한 길을 위해 열심히 뛰면서 일주일이 또 지났다.

그 날 민호와 나준영 이사는 광명에 있는 A&K 지사를 방문했다.

마지막 조율을 위해서.

그리고…

"이제 사인만 남았습니다."

이 말을 스미스에게 하기 위해서 온 것이다.

나 이사는 얼마 전 신청했던 대형마트 설립 인가에 관해서 구청의 답변을 듣고 와 스미스와 악수를 했다.

전체적인 협상은 거의 다 끝난 셈이었다.

자본금 50대 50.

새로운 형태의 프리미어 대형마트의 시대를 열기 위한 첫걸음.

이 장면을 보면서 민호는 뿌듯해했다.

민호가 계약을 마치고 회사에 들어왔을 때, 엘리베이터 안에서 우연히 두 중역과 함께 탔다.

조명회 상무와 송현우 이사다. 둘 다 박상민 회장의 측근이었고, 민호에게도 호의적이었다.

"소식 들었어. 정말 고생 많았네. 우리 아들이 딱 자네 같았으면 좋겠는데."

"아드님이 김 대리보다 두 살 위죠? 그 정도면 철들 나이 아닙니까? 저는 제 딸이 대학 졸업반이라서 항상 김 대리와 비교됩니다. 하하하."

"아닙니다. 제가 한 건 별로 없습니다."

과분한 칭찬이라고 말하면서도 민호는 스스로 자랑스러웠다.

그런데 사무실로 들어와서도 칭찬 릴레이가 이어졌다.

아영은 옆에서 조용히 박수를 쳐주었고, 코 옆에 왕점을 꿈틀거리는 구 과장도 과장된 목소리로 민호를 칭송했다.

"역시! 역시, 김 대리야! 나 아랫사람 잘 만난 거지? 그런 거지? 하하하."

그는 웃으며 민호의 어깨를 잡았다.

실적이란 꽤 중요하다. 그리고 개인의 실적과 팀의 실적은 늘 공존한다.

따라서 민호의 실적은 창조영업부 1팀의 실적이나 다름없었다.

여기에는 구 과장과 아영이 일차적으로 직접적인 영향력 안에 있었다.

2차는 신주호 차장과 재권인데, 후자는 의미가 없는 상태. 재권은 말 그대로 실적과 무관한 사람이다.

마지막으로 간접적인 영향력이 창조영업부 2팀에 주어진다.

그러므로 구 과장이 이렇게 좋아하는 게 당연한 일이었다.

"자, 오늘은 내가 쏜다. 어때? 드디어 오늘 술 한잔 할 수 있는 거지?"

"아… 죄송합니다. 마지막 뒷마무리가 남았는데, 오늘 거의 밤을 새워야 해서요."

"그래? 그럼 어쩔 수 없지. 그나저나 이렇게 수고하는데, 회사에서 특별 상여금을 챙겨줘야 하는 거 아니야? 이번에 내가 건의해 볼게. 하하하."

자신을 챙겨준다는 의미의 웃음.

하지만 민호는 그의 웃음에 맞장구 쳐주지는 않았다.

어차피 느끼는 일이다. 구 과장이라는 사람은 인간미를 위장하고 있다는 것을.

필요 때문에 이리저리 왔다 가며 라인을 갈아탈 수 있는 조직원.

나중에 그와 같은 사람이 되기는 싫었다.

그러다가 예전 군대 생각이 났다.

이등병 때 자신을 괴롭히는 선임이 되기 싫다는 각오.

병장 때 그가 왜 그랬는지 어느 정도 이해할 수밖에 없었다.

어쩌면 자신도 구 과장처럼 윗사람의 기분을 살피며, 아랫사람을 필요에 의해 부릴지도 몰랐다.

그 시험대가 A&K와 업무협약 사인이 있던 그다음 주 월요일에 마련되었다.

드디어 민호 팀에 인턴이 온 것이다.

원래 L&S 상사의 하반기 신입사원은 인턴사원 위주로 선발한다.

그런데 이번에는 인턴사원과 더불어 많은 경력사원도 뽑았다.

여기서 말하는 경력사원이라 함은 유통업, 특히 대형마트에서 실무를 담당했던 사람들을 뜻한다.

이미 회사 내에서 유통 부분이 새롭게 만들어지며, 조직

개편이 이루어졌다.

회사가 성장하고 있다는 증거이기도 했지만, 다른 한편으로는 위기에 대한 준비과정일 수도 있었다.

어쨌든, 민호의 팀에 이례적으로 두 명의 인턴사원이 배치되었다.

일남일녀. 파릇파릇한 새싹이어야 하는데, 여자는 대학 졸업반이지만, 남자는 민호보다 나이가 두 살이나 더 많았다.

"조정환입니다. 잘 부탁합니다, 선배님."

"네, 네."

조정환은 네모 반듯한 외모를 가졌다.

하지만 취업백수로 오랫동안 있어서였을까?

표정은 능글능글해 보였다. 이미 회사에 대해 많은 것을 잘 알고 있다는 듯이.

"송연아입니다. 저도 잘 부탁합니다, 선배님."

"네, 송연아 씨. 잘 가르쳐 줄 자신은 없지만, 정성을 다해 가르쳐드릴 수는 있습니다."

송연아는 동글동글하게 생겼다. 동그란 얼굴에 동그란 눈이 매우 컸다.

특별히 그녀에게 말을 더 길게 한 이유는 별거 없다.

자신보다 어리기에 호칭을 부르며 할 수 있는 일을 말했을 뿐이다.

그런데 그렇게 말하고 조정환의 눈치가 보였다.

이렇게 하고 보니 남자와 여자를 차별한 것처럼 느끼지 않을까 염려되었다.

확실히 표정만 봐도 그런 것 같았다.

송연아는 자신을 보며 반짝반짝 눈을 빛내고 있었고, 조정환은 얼굴이 굳었기 때문이다.

이런 경우는 어떻게 해야 하나.

특급 승진의 부작용이었다.

나이 많은 신임 후임을 어떻게 해야 하는지 몰라서 고민할 수밖에 없는 상황이 도래했다.

홀릭

HOLIC : 그의 직장 성공기

42회. 인턴사원

이런 경험이 처음이라서 민호는 신주호 차장에게 물어보았다.

"후우… 당연히 조직 사회에서는 직급이 우선이지. 그렇다고 해도 함부로 무시해서는 안 돼."

"그럼 '씨'로 부르면 되는 거죠?"

"그렇지. 그 정도로 부르면 돼. 사실 이게 시작이야. 앞으로 많이 보게 될 거라고. 나만 해도…."

신 차장은 잠시 말을 멈추었다.

민호는 그가 무슨 말을 할지 대충 예상했다.

자신과 반대의 경우를 많이 당했을 신 차장.

그래서 그다음 말을 하게 만들고 싶지는 않았다.

"잘 알겠습니다. 항상 고맙습니다."

"뭘 이런 거 가지고…."

그의 착잡한 표정을 보고 아픈 곳을 건드렸다고 생각한 민호.

조용히 캔 커피 하나를 꺼내 신 차장의 손에 들려주었다.

다시 사무실에 들어갔을 때, 뭘 어찌해야 할 줄 모르는 인턴사원 둘이 눈치만 보고 있었다.

"심심하시죠?"

"네? 네."

"아…."

민호가 말을 걸자 화들짝 놀라는 두 남녀.

그들을 보자 올해 3월 자신의 표정이 연상되었다.

바로 저 표정으로 앉아 있었고, 아무도 신경 써주지 않았다.

그나마 신경 쓴 사람이 바로 종섭.

다만 짜증 나는 관심이었을 뿐이다.

쓸모없는 자료를 외우게 한 것이 전부였으니.

당연히 민호는 그 반발심에라도 그들에게 주입식 교육을 하지 않기로 했다.

"잠시 회사에 대해서 알려드릴게요."

그는 눈을 빛내고 있는 두 인턴에게 간단히 자신이 알고 있는 바를 설명하기 시작했다.

그런데 점점 그들의 눈이 풀렸다.

정확히 말하면 연아의 눈은 자신에게 꽂혀 있는데 왠지 모르게 몽롱했고, 정환은 아예 시선이 허공에 멈추어 있었다.

살짝 기분이 나빠진 민호.

호의로 접근했다가 왠지 버릇을 잘못 들이는 것 같았다.

그래서 목소리에 살짝 냉정함을 실려 보낸 민호.

"제 이야기가 지루합니까?"

"네? 아니… 저… 죄송합니다."

연아가 당황하면서 재빨리 사과했다.

그러나 정환은 아니었다. 그는 곧바로 능글능글 웃었다.

"선배님께서 말씀해주신 게 저번 교육 기간에 들은 것과 겹치네요."

"……"

그 말을 듣고 민호의 눈썹 끝이 올라갔다.

늘 그렇지만, 사람은 과거를 잘 기억하지 못한다. 이것은 머리가 좋다, 또는 나쁘다가 아니다.

과거에 자신이 잘했던 것만 기억하고, 실수했던 것, 잘못했던 것은 기억 저편으로 날려버렸다는 뜻이었다.

민호 역시 마찬가지다.

기억을 3월로 돌려서 잘했던 것만 기억으로 보존했다.

최소한 직속 선배들에게 고분고분했던 '김민호.'

옆에 종섭이 그의 생각을 알면 웃을지도 모르지만, 아무튼 그의 기억은 그랬다.

그래서 정색한 표정으로 이렇게 말했다.

"절 선배로 부르지 마십시오. 회사는 직급 체제이며, 김민호 대리님이라고 부르셔야 합니다."

"네?"

갑자기 친절하게 말 붙였던 사람이 돌변한 상황.

정환은 당황했다.

"안 되겠네요. 저도 처음에 고생해서… 스킵하려고 했는데…."

그리고 일어서는 민호.

사무실을 나갔다가 오더니 두 개의 묶음 자료를 손에 들고 왔다.

- 최근 10년간 국내외 유통시장의 흐름

하나도 아니고 두 개였다. 민호는 굳은 표정으로 그것을 그들 앞에 놓고 이렇게 말했다.

"그거 읽어보세요."

"네, 알겠습니다. 선배님."

"네, 알겠습니다. 김 대리님."

다시 군기가 바짝 든 두 인턴.

하지만 아까 민호가 이야기한 것을 잠시 까먹은 정환.

"아아, 제 이름과 함께 대리 호칭해주세요. 아시겠죠? 조정환 씨."

민호는 눈을 크게 뜨며 또박또박 말했다.

"네, 알겠습니다. 김민호 대리님."

"네, 알겠습니다. 김민호 대리님."

둘은 좀 전보다 더 힘이 들어간 목소리로 민호에게 대답했다.

드디어 풀어진 민호의 표정을 보고 살짝 안심한 인턴 둘.

그러나 민호의 다음 말을 들었을 때.

그들의 표정은 다시 굳어질 수밖에 없었다.

"그리고… 내일까지 그 안에 있는 내용 다 숙지하세요. 검사하겠습니다."

민호는 속으로 웃으며 뒤돌아섰다.

그런데 점심을 먹은 후 화장실에서 앉아 있을 때, 밖에서 들리는 소리에 귀가 쫑긋할 수밖에 없었다.

"너 그거 들었어? 이번에 들어온 인턴 중에 회사 실세 자식들이 있다던데."

"정말이야?"

"응. 남자인지 여자인지는 모르는데, 확실하대. 인사팀 윤 대리가 살짝 귀띔해줬어."

"뭐야? 나 이사는 젊고, 방 전무는 실세가 아니고… 그럼 조 상무나 송 이사인가?"

여기까지 들었을 때 민호의 아주 좋은 머리가 잠시 정지했다.

지난번 조명회 상무와 송현우 이사가 한 말이 머리를 맴

돌았기 때문이다.

자신보다 두 살 위에 아들, 그리고 대학 졸업반 딸이 있다는 말.

어쩐지 과도하게 칭찬하더라니…

'설마 나 또 꼬이는 건가?'

민호는 다시 한 번 조직사회에 대해 깊은 고민을 하기 시작했다.

화장실이라는 사색의 공간 안에서…

오후가 되도록 두 인턴은 민호가 준 자료를 외우는데 여념이 없었다.

그것을 보고 살짝 마음이 약해지긴 했지만, 민호는 오히려 오기가 생겼다.

만약 그들 중 하나, 또는 둘 다가 조 상무와 송 이사의 아들과 딸이라면 더더욱 위축되지 않으리.

아니 오히려 더 빡세게 훈련시켜서 제대로 조직 생활을 알려주리라고 다짐했다.

그게 조 상무나 송 이사를 위한 길이라며, 나름대로 자신의 고집을 합리화시키는 민호였다.

그래서 눈에 불을 켜고 보는 민호 덕분(?)에 더 주입식 교육에 매진하는 정환과 연아.

가끔 일어날 때 민호는 확 째려봐주면서 눈으로 이렇게 말하는 것 같았다.

'어디 가?'

"저 화장실 좀…."

끄덕끄덕. 그제야 민호는 고개를 끄덕이며 시계를 한 번 봤다.

연아는 그게 시간을 재려고 하는 행동인 줄 알고 정말 부리나케 나가서 삽시간에 돌아왔다.

사실 연아보다 그가 더 마음에 안드는 민호.

그래서 재권이 나간 사이에 혼잣말을 가장하며 이렇게 말했다.

"내가 정말 싫어하는 게… 낙하산인데…. 그래도 만약 내 밑에 있다면, 철저히 일을 가르쳐 줘야지. 말단이 무엇인지 겪지 않고 위로 올라간다면, 그것만큼 회사에 폐가 되는 일도 없지."

정환과 연아가 듣는지 안 듣는지는 모르지만, 민호는 그와 비슷한 말을 계속 되뇌었다.

즉, 내가 이렇게 너희를 굴리는 건, 다 너희를 위한 것이다.

너희 아버지의 얼굴에 먹칠하지 않는 자식들이 되기를 정말 바란다.

이런 의미였다.

그때 종섭은 민호가 하는 행동을 보고 있었다.

그러다가 눈이 마주치자 비웃었다.

결국, 너도 어쩔 수 없는 놈이군.

마치 그렇게 말하는 것 같았다.

민호도 그의 생각을 눈치챘다.

하지만 인턴사원이 저 자료를 숙지한다는 게 꼭 나쁜 것만은 아니라고 자위했다.

비록 자신을 괴롭히려는 목적이었지만, 종섭으로 인해서 최근 10년간 유통시장의 흐름을 볼 수 있었고 운이 닿아 지금에 이르렀다.

그러므로 종섭은 자신을 성장시키는 매개체였다.

더구나 그의 비웃음을 보면서 민호는 생각했다.

이왕 이렇게 된 것, 인턴들을 스파르타식으로 교육하며 1팀의 역군을 만들겠다고.

이제 조 상무와 송 이사 중 한 명은 자신에게 고마워해야 한다.

특급 인재를 만들기 위해서 자신이 손을 댔으니 말이다.

- Shake it! Oh, Shake it! 밤새 나랑 Shake it, Baby~

상상의 나래가 전화벨로 인해 깨졌다.

받아보니 나준영 이사였다. 잠시 올라오라는 호출.

그는 사무실을 나서며 엘리베이터 버튼을 눌렀다.

잠시 후 엘리베이터 문이 열렸을 때, 누군가가 안에서 내렸다.

유미와 같은 층을 사용했기에 늘 누군가 나오면 주시하는 습관이 있었다.

혹시라도 그녀일까봐. 자신이 사랑하는 그녀일까봐.

물론 아닐 확률이 더 높았다. 유미가 엘리베이터를 타는 빈도는 식사나 외근을 제외하고는 거의 없었기 때문이다.

지금도 마찬가지다.

여자 하나가 내렸지만, 자신이 사랑하는 그녀는 아니었다.

그런데 그 여자의 얼굴!

민호는 기억했다. 분명히 어디서 본 얼굴이었다고.

까무잡잡한 피부에 생기가 있었다.

바로 사장 딸 영서였다.

예전에 한 번 본 적이 있는 그녀.

아는 척하기는 대화 한번 나누지 않았기에 간단히 무시해주고 엘리베이터를 탔다.

종섭을 찾아왔겠거니 생각했다.

아무리 사장 딸이라도 업무시간에 남자친구를 방문한다는 것이 보기 좋지 않았다.

문이 닫힐 때까지 자신을 바라보던 영서의 눈빛도 맘에 들지 않았다.

그리고 엘리베이터 문이 다시 열렸을 때.

그때까지 조명회 상무와 송현우 이사를 위해서 자식 교육을 시키는 수고를 맡았다고 여긴 민호가 당사자들을 만났다.

"어? 김 대리?"

"여기서 또 보네. 무슨 일이야?"

"아, 네. 나 이사님이 부르셔서."

우연히 만난 조 상무와 송 이사는 여전히 그를 향해 웃고
있었다.

민호는 그 웃음을,

'우리 아들과 딸들 잘 부탁하네.'

라고 해석했다.

민호 역시 고개를 끄덕이며 씨익 하고 웃어주었다.

웃음의 의미는 간단했다.

'두 분의 자제들을 아주 잘 굴려서 회사에 걸맞은 인재
로 키우겠습니다.'

그걸 알아들었는지 모르겠지만, 그의 어깨를 두드리며
가는 두 중역.

민호는 스스로 잘했다고 여기며 당당하게 나 이사의 사
무실로 향했다.

✤

그러나 나중에 유미에게 기획부 인턴으로 영서가 왔다는
이야기를 듣자 깜짝 놀란 민호.

"뭐?"

"저기 저 애가 새로 온 인턴이라고. 이름이 영서야, 박영

서. 애가 싹싹하고 괜찮아."

후한 평가가 유미의 입에서 나왔다.

그런데 그 평가보다는 영서가 인턴이라는 말에 놀랄 수밖에 없었다.

이제야 알았다. 실세의 자식이 바로 영서였다는 것을.

'이거야… 실세도 아니잖아. 아예 대표 딸이 인턴으로 들어오다니….'

그렇다면 조정환과 송연아는 애꿎은 민호의 스파르타식 교육 희생자가 될 운명이었다.

괜히 그들이 조 상무나 송 이사의 자제 중 하나인 줄 알고 더 빡세게 훈련시킬 계획이었는데…

갑자기 그들에게 미안한 감정이 들었다.

내일부터 다시 방향을 바꿔서 잘해줘야 하나?

아니다. 그럴 수 없다. 이왕 시작했으니, 그들은 인재로 승화시킨다는 계획은 순차적으로 진행할 것이다.

차라리 이게 그들을 잘 못 굴린 것에 대한 보답이 되지 않을까?

나중에 특급 인재가 될 테니 말이다.

민호는 자신도 모르게 흐뭇한 미소를 입에 걸쳤다.

그 웃음이 이상했는지 유미가 물었다.

"무슨 생각해?"

"아, 미안."

유미를 앞두고 공상에 살짝 빠졌다.

그래서 다시 제정신을 차리고 민호는 다음과 같은 말로,

"걔… 사장 딸이야."

유미의 표정 변화를 살피고자 했다.

아니나 다를까, 유미는 놀라며 큰 눈을 더 크게 떴다.

그녀의 속눈썹이 민호의 가슴을 떨리게 했다.

살짝 벌린 입술은 키스를 불렀다.

HOLIC : 그의 직장 성공기

43회. 이상형

하지만 안 될 말이다.

저녁 식사를 하다가 그럴 수도 없었고, 공공장소에서 미친 짓 하다가 유미가 자신을 이상한 놈이라고 생각할지도 몰랐다.

"그럼… 걔가…."

"응. 너무 친하게는 지내지 마. 너도 들었지? 이종섭이 여자 친구라는 거."

"들었지… 나도. 그런데 뭐가 아쉬워서…."

유미는 거기서 멈추고 더 말을 하지 않고 먹던 스테이크를 다시 썰기 시작했다.

오늘은 민호의 호주머니가 두둑하다.

아까 나 이사가 부른 이유가 바로 특별 보너스 때문이었다.

그래서 스테이크를 쏜다고 그녀를 데리고 왔다.

하지만 이렇게 말을 끊고 스테이크만 썰고 있으니, 약간 답답했다.

포도주 한 잔을 입에 살짝 문 민호.

무슨 말로 그녀의 다음 말을 재촉할지 어휘와 문맥을 파악한 다음에 포도주를 꿀꺽 삼키며 말했다.

"사장 딸이 뭐가 아쉬워서 그 바람둥이를 사귀느냐?"

"응. 그 말을 하고 싶었어."

도톰한 입술로 말하는 유미.

그녀를 바라보며 민호는 다시 상쾌해진 입맛과 쾌적해진 기분으로 입에 스테이크를 넣고 씹기 시작했다.

그 모습을 보며 유미가 미소를 지었다.

민호는 눈을 크게 떴다. 뭐가 웃기느냐는 표시.

유미가 몇 번 아니라고 말하다가 집요한 민호에게 또 넘어가서 말하기 시작했다.

"오빠 표정 보면 다 뭐가 쓰여 있어."

"그게 뭔데?"

"가끔 궁금하지만 물어보기 싫은 거."

"흠…."

맞는 말이다. 사실 그러면 안 되는데, 늘 궁금한 게 있었다.

과연 종섭이와 얼마나 사귀었으며, 어디까지 갔는지.

여자의 과거를 알면 기분이 좋을 리가 없었다.

그래서 참고 묻지 않은 것인데…

"그 사람… 정말 1년을 끈질기게 쫓아다니더라고. 사귄 것도 어쩌다 보니 사귀게 되었어. 가끔 그런 거 있잖아. 주변에서 맺어주려고…. 뭐, 능력도 있겠다, 얼굴도 그만하면 됐으니까… 사귀다가 보면 정 붙겠지. 이런 생각으로 시작했는데… 지금까지 사귄 남자 중에 최악이었어. 매일 졸라대는 거…."

꿀꺽. 스테이크를 먹지도 않았는데, 고인 침이 목으로 넘어갔다. 드디어 금기를 이야기하는 그녀. 계속 들어야 할지 모르겠는데, 지금까지는 긍정적인 스토리였다.

"그러니까… 결과적으로는 이종섭이를 좋아해 본 일은 없다는 거네."

"노력은 했지. 강제로 내 손을 잡아도 한 번은 참았고, 그다음에는 그것조차 싫어서 거리를 두었어. 그러니까 충실하지 않더라고. 몇 번 바람을 피우다 걸렸지. 질투심은 생기지 않았는데, 주변에서 수군대는 게 싫었어. 그게 내 자존심이었나 봐. 마지막으로 이상한 사진을 보았을 때… 말로는 그 여자가 일부러 보냈다고 하는데, 피가 거꾸로 솟는 느낌이었어."

"……."

"그것을 빌미로 헤어지자고 했고, 일단 오빠가 미안하게도… 옆에 있었어. 딱 봐도 착하게 생겨서 나를 절대 건드리지 않을 것 같은….”

민호는 좋으면서도 이해되지 않는 눈빛을 하며 그녀에게 물었다.

“그때 호텔에 가서 내 옷 벗기려고 했잖아.”

“샤워시키고 도망가려고 했지.”

“헐….”

그게 말이 될까?

당시의 상황이 연상되었다.

분명 자신이 나쁜 놈이었으면 그녀를 가만두지 않았을 텐데…

결과론적으로 보면 아무 일도 없었지만, 사실 무모한 짓이었다.

분명히 허점이 보이는 말을 아무렇지도 않게 하는 유미.

그러다가 결국 실토했다.

“진짜로 믿네. 당연히 농담이지.”

“윽, 그럼? 진짜 이유는 뭐야?”

“솔직히….”

“……”

“모르겠어. 그냥 그때 오빠 보니까… 그러고 싶었어. 정말이야. 이건… 정말… 설명하기 힘들어.”

그 말을 하는 유미의 눈이 촉촉이 젖었다.

하지만 그 말을 듣는 민호의 눈에는 큰 희열이 담겨있었다.

누군가의 사랑 고백을 듣는 기분 같았다.

잠시 겸연쩍었는지 민호는 말을 돌렸다.

"아무튼, 이제 좀 어색하겠다. 전 남자 친구의 현재 여자 친구와 함께 근무하게 돼서."

"그럴 수도 있지. 그런데 오빠야말로 항상 그 어색함 사이에서 잘 이겨냈잖아. 그래서 고마워."

"……."

민호는 고맙다고 말하는 유미의 눈을 들여다보았다.

종섭이와 같은 사무실에서 약 7개월을 근무했다는 점.

전 남자 친구를 현재 남자 친구가 꽤 불편해했을 텐데, 그것을 이겨내 준 것을 고마워하고 있는 듯했다.

거기다 애정까지 듬뿍 담겨 있었다.

사실 처음에 좀 꼬인 느낌이 있었지만, 세상은 기브 앤 테이크.

시련을 준 다음에는 반드시 보답을 얻을 거라는 이론에 따라서 더 큰 것을 얻은 상황이다.

그녀 덕분에 얻은 지능은 그의 직장 성공기로 가는 엘리베이터 아니던가!

그래서 마지막으로 그 고마움 때문인지 민호는 그녀에게 이런 말을 건넸다.

"유미야, 네 이상형이 뭐야? 나 그것에 맞추려고 노력할게."

"응? 왜 갑자기?"

"그냥. 그러고 싶어서. 한 번도 안 물어봤던 거 같아. 네가 좋아하는 사람이 어떤 타입인지."

받은 게 있다고 생각해서 주고 싶었다.

그 마음을 에둘러 표현했던 것인데…

"머리 좋은 사람."

"……!"

"내 이상형은 머리 좋은 사람이야. 바로 오빠 같은 사람이지. 그래서 난 지금 행복해. 내 이상형을 만나고 있으니까."

유미는 배시시 웃으며 그에게 자신의 마음을 전했다.

그리고…

"오빠는? 오빠의 이상형은?"

"나? 나야, 뭐…."

"나 같은 여자라고 하지 마. 진짜 말해 줘. 알고 싶단 말이야."

그녀의 눈이 반짝반짝 빛났다.

그런데 민호는 할 말이 없었다. 왜냐하면, 자신의 이상형은 바로 그녀였으니까.

약간 추가한다면, 예전부터 자신의 반려가 될 사람이…

"아프지 않고 건강했으면 좋겠어. 말도 안 되는 이야기일지 모르지만, 그 어떤 병도 나만 보면 나을 수 있는 그런 여자였으면 좋겠어."

민호는 여기까지 말했다.

그 이외에는 디테일하게 표현하기 힘든 말이었다.

예를 들면…

가슴 크기가 C컵 정도라는 것.

그것은 유미도 마찬가지였다.

자신의 남자친구가 모든 여자에게 매력적이지만, 오직 자신만 바라보는 사람.

그게 바로 유미가 원하는 이상형, 입으로 표현하지 못한 이상형이었다.

신기한 일이다. 이것이야말로 천생연분이기도 하고.

그래서 그런지 민호는 요즘 바쁘게 일해도 힘들지 않았다.

유미의 존재 덕분이다.

특히, 오늘은 그녀가 이상형을 만나고 있다는 말을 하자 더더욱 기뻤다.

참 신기한 일이다. 자신이 그녀의 이상형이 되다니…

하늘이 일부러 천생연분을 점지해 준 것만 같았다.

그래서 그녀의 아파트 앞에서 들여보내기 싫은 마음은 당연한 일이다.

"음….”

민호는 좀 더 지체할 말을 찾았다.

그러나 아까 다 해버려서인지 모르겠지만, 무슨 말을 해야 할지 잘 모르겠다.

재미있는 건 유미가 한동안 말이 없는 민호를 지켜만 보고 있다는 것이다.

그녀는 눈치챘다.

자신을 더 붙잡고 싶은 그의 간절한 마음을.

그리고 잠시 후.

그의 눈에서 무언가를 읽었다.

'키스하고 싶다. 키스하고 싶다. 키스하고 싶다. 키스…'

그걸 왜 모르겠는가?

아무리 사랑하는 사람이라도 남자는 늑댄데.

그래서 늘 그녀는 남자를 경계해 왔다.

손을 허용하면 입을 요구할 것이고, 그다음에는…

갑자기 붉어진 얼굴.

그녀는 눈을 감았다.

그런데!

"……!"

무언가가 자신의 입을 침입해왔다.

민호의 기습공격이다. 하지만 거절할 수 없었다.

심지어 입까지 살짝 벌려주었다.

달콤한 그의 혀가 자신의 혀와 맞닿을 때 그녀는 황홀경을 걸었다.

쌔액, 쌔액.

자신도 모르게 숨이 가빠지고 있었다.

그리고 그의 손이 자신의 허리 밑으로 점점 내려가는 걸 느꼈다.

안 되는데… 안 되는데…

그 말을 입밖으로 꺼내기가 힘들었다.

이미 점령당한 입으로는 표현할 수가 없었으니까.

더구나 구름 위를 날 듯한 기분으로 그의 손길을 막고 싶지도 않았다.

이제 자신의 히프에 그의 손길이 닿았다.

너무나 쉽게 허용하고 말았다.

이제는 모르겠다. 정말 모르겠다.

순간적으로 그녀의 머리에 지금 민호가 무언가를 요구하면 어떻게 될지에 대해 상상해보았다.

어쩌면… 어쩌면…

그때 그녀의 귀에 들리는 헛기침 소리.

아직 멀리 떨어져 있는 것 같았지만, 분명히 들었다.

'아빠…'

그녀는 눈을 떴다.

자신의 입술을 점령하고 있던 입술과 마력이 깃든 손(?)을 재빨리 뗐다.

"아빠가 오시는 거 같아."

"……?"

입술을 뗀 허탈함에 민호가 눈을 깜빡였다.

그런데 유미의 말은 사실이었다.

아파트 입구에서 누군가 걸어 나오는 게 보였고…

이쪽으로 가까이 다가오면서 부리부리한 눈을 가진 유미의 아버지가 등장했다.

"넌 왜 이렇게 늦게 다니니? 걱정했잖아."

오자마자 유미에게 부드럽지만 엄격한 목소리로 말을 하는 유미의 아버지.

민호가 재빨리 그에게 고개를 숙였다.

"안녕하십니까? 저는…."

"민호 군!"

"네! 네, 아버님!"

이름까지 부르는 것을 보니, 이미 자신에 대해 잘 아는 게 분명했다.

그리고 그 안에 감정이 실려 있었다.

"조금만 일찍 들여보내 주도록!"

"아… 네, 알겠습니다. 알겠습니다."

유미에게 들은 적이 있었다. 그녀의 아버지가 준위로 예편한 군인이라는 것을.

그래서 그런지 말투가 딱딱 끊어졌다.

오늘은 여기까지다.

민호는 그녀를 그녀의 아버지에게 인계해야만 했다.

하지만 돌아오는 길에 그는 다짐했다.

결혼식장에서 반드시 그녀의 손을 그녀의 아버지에게 인수하겠다고.

한편, 그와의 키스 이상의 것(?)에 혹시나 자신의 가슴이 더 부풀어 오르지 않을까, 은근히 걱정했던 유미.

다행이다. C컵을 넘어서 D컵으로 가는 일은 없었다.

그 생각을 하며 유미는 이불을 뒤집어썼다.

아까 민호와 있었던 일이 머릿속에 재생되자 얼굴이 붉어져 도저히 이불 밖으로 얼굴을 내놓을 수가 없었다.

그리고…

어느새 잠든 그녀.

오늘은 야릇한 꿈을 꿀지도 모른다.

❧

민호야말로 요즘은 잠을 잘 때도 늘 유미의 꿈을 꾼다.

그녀 때문에 이렇게 된 것 같아 기쁘기 그지없다.

그래서일까? 민호는 다음 날 출근해서 다시 한 번 추억의 공간을 찾았다.

그녀를 처음 만난 장소.

왠지 그곳에 앉아 있고 싶었다.

그래서 'EXIT'라고 쓰여 있는 곳에 들어가 그때 그 자리에 앉았다.

그러자 아래에서 유미와 종섭이 싸우며 들어왔던 장면이 연상되었다.

이제야 하나하나 실타래가 풀어지는 느낌이었다.

그녀는 종섭이를 빨리 떼어낼 생각을 했던…

쾅!

그때 그의 상념을 깨트리는 소리. 비상구 문이 크게 닫혔다.

민호는 눈을 크게 떴다.

'설마'라는 생각을 했는데, 들려오는 목소리가…

"누구야? 그놈이? 누구냐고?"

"무슨 소리야? 아는 오빠라고 했잖아."

"아는 오빠? 너한테 아는 오빠는 나 하나면 되잖아. 자꾸 이럴 거야? 남자 다 정리하라고 했지?"

"하…."

HOLIC : 그의 직장 성공기

44회. 후계자의 공격

종섭이의 목소리였다.

그의 마지막 말은 완전히 의처증을 가진 남자의 말투처럼 들렸다.

여자가 한숨을 쉬는 것만 봐도 알 수 있었다.

그런데 그 여자.

그녀의 목소리는 대충 추측건대…

"박영서! 정말 이럴 거야? 이렇게 대놓고 바람피울 거야?"

"무슨 바람을 피운다고 그래? 오빠! 피해 의식 있어? 도대체 요즘 왜 그러는 건데? 정말…."

"정말 뭐? 정말 뭐!"

"……"

민호는 주머니에 손을 넣어 스마트폰의 전원을 찾아 눌렀다.

진동으로 해놨지만, 혹시나 그 소리까지 들릴까 염려한 것이다.

아무리 종섭이가 싫다지만, 그의 치부까지 알고 싶은 생각은 없었다.

또한, 둘이 헤어지면, 그는 막다른 골목에 놓여 있을 거로 여겨졌다.

그러면 어떤 선택을 할지 모른다.

그런데 아무리 그래도 일어날 일은 일어날 수밖에 없나 보다.

여자의 단호한 목소리가 민호의 귀에 들렸으니까.

"우리 헤어져."

영서의 헤어지자는 말에 종섭은 바로 꼬리를 내렸다.

"야, 헤어지긴… 영서야… 오빠가 너 좋아해서 그래. 정말 요즘 너 때문에 잠을 못 이뤄."

"……."

"정말이야. 그러니까… 그런 말 하지 마. 나도 이제 좀 자제할게. 알았지, 영서야."

"휴우…."

영서는 한숨을 쉬었고, 민호는 속으로 웃음을 터트렸다.

혼자 보기 아까운 장면이었다. 저렇게 매달리는 종섭이

홍두깨로 두 라이벌의 틈바구니에서 곤욕을 치르고 있었다.

이 때문에 출근하자마자 친절한 아영에게 숙지를 완벽히 못 해서 걱정이라고 물은 연아.

아영은 살짝 웃었다.

그리고 친절한 그녀의 입에서는,

– 그거 예전에 김민호 대리가 하루 만에 다 외우던데. 그것도 한 글자도 빼놓지 않고.

라는 말이 나오며 연아의 혼을 쏙 빼놨다.

옆에서 듣고 있던 정환도 마찬가지.

그래서 다 못 외우면 어떤 변명을 할지 고민하던 찰나에 옆에서 깨지는 인턴들을 보고 이제야 덜컥 겁이 났는데…

"자, 저도 검사 좀 해보겠습니다."

청천벽력! 드디어 가슴이 철렁하는 민호의 목소리가 들렸다.

어쩔 줄을 몰라 하는 두 인턴.

그들을 바라보는 창조 2팀 사람들의 눈초리도 있었다.

얼마나 잘하는지 보겠다는 의도가 섞였다.

민호는 그 눈빛을 개의치 않으며 정환에게 먼저 물었다.

"유통법이 개정된 이유가 뭐죠?"

"네? 아… 그건 지정된 지역에 전통상업을 보호하기 위해서입니다."

"그 법 제정의 계기는요?"

"대형 마트로 인해 전통시장이 타격을 입기 시작하면서부터죠."

술술 대답한다.

그런데 이건 정환이 잘해서라기보다는 민호가 앞에 있는 걸 위주로 물어보았기 때문이다.

거기다 질문도 평이했다.

즉, 틀리게 하려는 목적보다는 맞추게 하려는 의도가 엿보였다.

2팀에서 이 장면을 보는 인턴사원들의 얼굴에 부러움이 가득했다.

종섭의 날카로운 질문에 대답하지 못했기 때문이다.

종섭이야말로 틀리라고 어려운 곳 구석구석에서 질문을 찾아냈다.

"좋네요. 훌륭합니다. 내일 또 물어보겠습니다. 계속 숙지하세요."

"네? 네, 알겠습니다. 감사합니다."

정환의 얼굴이 밝아졌다.

뒷부분이 자신 없었는데, 그쪽에서는 하나도 질문을 하지 않았다.

그다음의 연아도 마찬가지.

이건 숫제 맞히라고 쉽게 던져주는 문제 같았다.

"둘 다 수고하셨습니다. 내일은 오늘보다 어려울 수도 있습니다. 각오 단단히 하십시오."

"네, 알겠습니다."

"열심히 하겠습니다!"

마지막에 정환이 패기 있는 목소리를 냈다.

그만큼 자신감이 엿보였다는 증거.

그것을 보고 민호가 웃음을 내보였다.

부장 자리에서 흥미 있게 이 모습을 지켜보던 재권은 점심시간 후에 민호에게 물었다.

"일부러 맞히라고 한 거야?"

"네, 그렇죠."

"자신감을 주기 위해서?"

"맞습니다."

고개를 끄덕이는 민호. 하지만 살짝 양심에 찔렸다.

사실 지난번 그들을 조 상무와 송 이사의 자제들로 오해해서 괴롭힌 자책감에 오늘은 살짝 풀어준 것이다.

민호도 인간인데 굳이 그들을 일부러 괴롭히는 것은 말이 안 된다.

하지만 이 내용을 재권에게 말할 수는 없었다.

엄밀히 말하면 재권 역시 낙하산이었으니까.

그래서 자신의 이론을 아주 멋지게 포장하는 민호.

"저도 초반에 그랬어요. 이 과장이 낸 것을 다 맞추었을 때부터 위축되지 않고 제 의견을 개진했거든요. 그때에는 사실 신입 사원이 감히 과장에게 가서 좋은 의견 있다고 말한다는 게 어떤 의미인지 몰랐어요. 다 과정과 절차가 있는 건데, 그거 무시하고 달려들었어요."

"그 이야기는 나도 들었어. 그런데 그 때문에 미주에서 우리 라면이 선풍적인 인기를 끌고 있잖아."

재권의 말은 사실이었다. 현재 웅심의 매운 라면을 강하게 압박하고 있는 L&S 라면.

추월하는 것이 시간문제라는 말도 있었다.

만약 그때 민호가 종섭에게 이 의견을 말했다면 묵살 당했을 것이다.

틈을 봐서 당시 신주호에게 말한 게 적절한 신의 한 수였다.

그게 결과적으로 이렇게 터진 거였으니.

그래서 박 사장도 사원의 창의적인 아이디어를 적극적으로 받는 정책을 시행한다고 발표했다.

이 또한 민호의 아이디어였는데, 인트라넷에 직접 자신들의 아이디어를 올리는 코너가 마련된 것이다.

거기서 좋은 의견이 채택되면 인센티브와 고과성적에 영향을 미친다.

"그래도 조직에서 절차를 무시해서는 안 된다고 생각합니다. 그때는 몰랐지만, 지금은 알 것 같습니다."

경험은 소중한 거다.

민호에게 부족한 것은 바로 그 소중한 경험이었고.

절차를 무시해서 좋은 결과가 났다.

그렇다고 해서 조직원이 모두 그 절차를 무시하는 보고

를 했을 때 벌어지는 일들은 상상도 하기 힘들었다.

민호보다 더 경험이 적은 재권은 고개를 갸웃거렸다.

"난 정말 좋은 생각이면 당연히 받아들여야 한다고 생각해. 시간을 다투는 일이라면 더더욱. 그게… 다른 회사에서 채 간다고 생각하면 더 끔찍한 일이잖아."

"누가 뭐라고 했습니까? 그래서 절차를 지키면서도 아래로부터의 아이디어를 채택하는 방법을 고안해내지 않았습니까? 하하."

인트라넷 이야기를 하는 민호.

재권도 그 부분에 대해서는 고개를 끄덕였다.

지금도 인트라넷에는 많은 아이디어를 올리는 사원들로 넘쳐났다.

민호의 특급 승진이 그들의 동기를 자극했다.

점점 선순환되고 있으니 L&S 상사의 장래는 밝았다.

다만 가끔 걸림돌이 발생했고, 오늘의 걸림돌은 안타깝게도 종섭이 가지고 왔다.

상기된 표정으로 회사 사무실에 들어온 그가 바로 재권에게 다가가 보고한 내용은 끔찍했다.

"L&S 식품에서 결제대금을 익월로 미뤘습니다."

"뭐라고요? 아니 그게 무슨…."

"이달부터 시행되는 그룹 내 방침이랍니다. 자금 확보를 위해 선 결제를 부탁하러 갔다가 오히려 날벼락 맞은 기분입니다."

라면이 많이 팔릴수록 L&S 식품에도 좋지만, 상사도 나쁘지 않았다.

불티나게 팔릴수록 주문량이 늘어나고, 상품을 미국에 수출 대행해주는 돈은 쌓일 수 있으니까.

최근 L&S 상사의 품목 중 가장 큰 비중을 차지하는 게 바로 이 라면이다.

그런데 대금 결제를 당월에서 익월로 바꾸겠다는 방침에 옆에서 듣고 있던 민호는 얼굴을 구길 수밖에 없었다.

이 같은 방침을 계획한 자, 민호의 머리에 안재현의 음모가 스멀스멀 피어오르고 있었다.

❋

차기 회장 0순위가 안재현이라는 것은 두말할 나위도 없었다.

반발 세력도 만만치 않았지만, 속칭 안판석 회장의 대부분 가신은 그에게 충성을 약속했다.

여기서 재미있는 것 하나.

일부는 차남에게 다른 일부는 장녀와 사위에게 붙기도 했지만, 막내인 재권에게 붙은 사람은 단 한 명도 없다는 점이다.

그나마 상민이 재권의 편인데, 그것은 가신으로 충성을 맹세했다기보다는 협력자로 손을 잡은 것이나 마찬가지였다.

그리고 혹시나 모를 재권의 숨겨둔 재산에 한 가닥 희망도 있었다.

회사가 어려울 때 자산을 풀 수 있다면…

"지금 가진 주식이 제 전 재산입니다."

"그… 그런가?"

"네, 안타깝게도 그렇습니다."

"그것참… 큰일이군."

박상민 사장의 안색이 점점 흙빛이 되어가고 있었다.

그룹 계열사의 물품을 받아서 수출해왔고, 원자재를 수입해서 그룹 계열사에 팔았던 상사의 한계가 드러났다.

그룹이 상사를 일개 하청 업체로 취급했다.

"이제 진짜… 독립을… 생각해봐야 할 때인 것 같습니다."

박상민 사장은 고개를 끄덕이려다가 참았다.

결정은 쉽지만, 후폭풍을 감내하기 어렵다.

예전에는 가능했지만, 지금은 쉽지 않았다.

최근에 라면에 너무 의존해 다변화를 꾀하지 못한 점과 프리미어 마트 진출 판단을 손쉽게 긍정적으로 봤다는 게 가장 큰 문제였다.

"현재로서는… 쉽지가 않아…"

"……?"

"독립은 준비되어있을 때 하는 거야. 그 준비를 위해서

돈을 프리미어 마트에 투자한 건데, 정말 절묘한 시점에서
이렇게 뒤통수를 치는군. 확실히 안재현은⋯."

HOLIC : 그의 직장 성공기

45회. 종로 큰 손 1

뒷말을 들려주지 않아도 알아들을 거로 생각한 박상민 사장.

아무리 생각해봐도 진퇴양난이었다.

회사 내에 유통 부분을 따로 독립 본부로 만들기 위해 많은 경력 사원까지 고용했다.

지금으로서는 인건비 과다지출이나 마찬가지.

사실 라면 판매의 호조를 믿고 벌인 일이었는데…

그 상황에서 대금 결제가 일 개월 후로 밀린다는 의미는 현금이 마를 수도 있다는 뜻이었다.

더구나 한 달 후에 결제해준다는 그 말도 믿기 힘들었다.

방침이 그렇다는데, 그때 되어서 또 방침을 바꾸면 진짜 큰일이다.

이제야 사태의 심각성을 더욱 뼈저리게 깨닫는 재권.

경험 부족이 가져온 착각이었다. 독립은 집에서 탈출하는 게 독립이 아니라, 자립할 수 있는 능력으로 당당히 걸어 나올 때!

그것을 독립이라고 부른다는 것을 이제야 체감하고 있었다.

그래서 물었다.

"혹시 그룹 내 현금이 어느 정도 있나요?"

"아까 회계팀에 물어봤는데… 반년은 버틸 수 있다고… 그런데 새로운 사업 추진에 차질이 있을 수도…."

"프리미어 마트 말입니까?"

"그래. 생각보다 인건비에 지출이 많이 될 것 같아. 그건 A&K와 분담하는 게 아니니까 말이야. 일단 지금 건설하는 거야 어떻게 해보겠지만, 지방에는 직접 대지도 마련해야 하고, 자네도 알다시피 관할부서에 돈도 좀 넣어야 해서…."

여기서 말하는 관할부서란 국가 고위직과 지방공직자를 의미한다.

유통법 개정으로 마트가 마음만 먹는다고 지어지는 시대는 이미 다 흘러갔다.

공청회와 주민동의가 있어야 하는데, 지방자치단체 공직

자들이 아니면 통과하기가 쉬운 일이 아니다.

따라서 그들에게 넣는 은밀한 자금은 공공연한 관행이었다.

"만약 프리미어 마트를 그대로 추진한다면요? 그럼 몇 개월을 버틸 수 있습니까?"

"길면 석 달. 짧으면 두 달이야."

"최소한 다음 달에 반드시 결제를 받아야 하는군요."

"그렇지. 그런데 분기별 결제로 말을 바꿔버리면 프리미어 마트는 포기해야 할지도 몰라."

"……."

재권은 입을 꾹 다물었다. 별다른 해법이 없어서 포기라는 말을 들어도 안 된다고 주장할 수가 없었다.

더구나 결정 장애를 가진 재권이었다.

지금 상황에서는 듣기만 하는 수밖에.

머리가 비상했지만, 늘 손위 형제자매들에게 치여서 눈치만 봤던 그의 한계가 계속 이런 문제를 양산하고 있었다.

그나마 곁에 민호가 있어서 다행이었다.

그에게 이 문제를 털어놓으면 최소한 결정이라도 대신해 주었으니까.

그리고 그의 예측대로 민호의 입에서 단호한 말이 나왔다.

"당연히 안 됩니다."

"그런데 방법이 없다고. 그리고 아저씨가 말씀하시는데… 큰 형이 일부러 그런 거 같대. 우리의 독립 움직임을 눈치채고 말이야. 그래서 만약 새 사업에서 철수하면, 다시 결제일을 제대로 돌릴 수 있을지도 모른다고… 그렇게 말씀하시는데…."

"믿으세요?"

민호는 강렬한 눈빛으로 재권을 바라보았다.

자주 써먹는 말이다. 그의 큰 형을 언급하면서 믿느냐고 이렇게 말하면,

"당연히 안 믿지."

라고 대답한다. 그때 지금과 같이 웃으며 결정해주면 되는 일이다. 물론 해법은 반드시 제시해야 하지만.

"두 가지 방법이 있습니다."

"……?"

역시 민호였다. 하지만 가끔 이렇게 뜸들이는 게 싫었다. 재촉해야 꼭 말을 해준다.

"뭔데? 빨리 좀 말해라. 넌 맨날…."

"첫 번째는 돈을 쓰는 것이고, 두 번째는 돈을 마련하는 겁니다."

"무슨 이야기야?"

"저 같으면 일단 회사의 여유자금으로 인도네시아산 팜유를 모두 사들이겠습니다."

"……!"

그 이야기를 듣고 재권의 머리도 민호처럼 팽팽 돌아갔다.

라면에 들어가는 원재료 중에 소맥분과 감자전분 등을 제외하고 팜유는 가장 원자재 가격에 영향을 받는다.

그 이유는 팜유가 중간 가공 원재료가 아니기 때문이다.

"지금 팜유의 가격이 어떤데?"

"완전 하락세입니다. 사기 딱 좋은 찬스죠. 거기다가….."

"……."

"올해는 슈퍼 엘니뇨 현상이 올 가능성이 높습니다."

엘니뇨 현상, 즉, 기상 이변이 올 때마다 곡물 가격은 엄청난 변동성에 휘둘린다.

수확량이 눈에 띄게 줄기 때문이다.

그렇게 되면 원자재 가격은 상승할 수밖에 없고, 그것을 구하기 위해서 기업들은 고민에 휩싸이기 시작한다.

민호가 한 말은 바로 그것을 의미하는 것이다.

"엘니뇨 현상까지 오지 않는다고 해도… 오히려 L&S 식품 쪽에서 우리에게 고개를 숙여야 할 판입니다. 재료 공급은 상사에서 하고 있으니까요. 다른 쪽을 이용하는 게 한계가 있습니다. 미국 라면 판매의 호조로 국내에서 가장 팜유를 많이 사들이는 회사가 바로 우리 회사니까요. 거기다가 방금 말씀드렸던 엘니뇨 현상까지 온다면… 목에 힘을 줘야 하는 것은 우리 쪽인 거죠."

이 부분은 지난번 기획팀에서 라면의 트렌드 분석을 할 때 알게 되었다.

당시 유미는 팜유의 중요성을 민호에게 말한 적이 있었다.

또한, 엘니뇨 현상으로 팜유 가격이 뛰어올라 웅심의 라면이 일제히 상승했던 몇 년 전 이야기를 하며, 최근에는 그에게

— 올해 엘니뇨가 온다는데, 팜유는 미리 많이 사놓아야 하지 않을까?

라고 걱정했었다.

회전하는 민호의 머리는 지금 그것을 떠올리며 승부수를 던진 것이다.

"좋아. 첫 번째 방법은 사장님과 이야기해봐야 할 거 같아. 아무래도 돈을 쓰는 거니까."

"만약 돈을 만들어 온다면 100% 허락하실 겁니다. 이건 승부수에 가까우니까요."

"그러게. 형님의 목줄까지는 아니더라도, 힘줄 정도는 잡을 수 있을 것 같아."

민호의 말을 듣고 아까와 다른 표정이 재권의 얼굴에서 나오기 시작했다.

그런데 그의 여유 있는 표정은 다시 민호의 두 번째 방법을 재촉하기 시작했다.

민호는 묘한 웃음으로 그 시선에 반응했다.

"돈은… 마련하면 됩니다. 빌리면 되니까요."

"뭐?"

약간 실망한 표정. 당연한 이야기를 하는 민호.

재권이 어이없는 목소리로 말을 뱉었다.

"그게 무슨 소리야? 너도 알다시피, 은행권은 힘들어. 사장님이나 나나 담보가 없다고. 그럼 빌려올 곳이…."

"있습니다. 빌려올 곳이."

중간에 말을 끊고 재권의 눈을 정면으로 응시하는 민호.

그러나 아직도 재권은 모른다는 눈빛이었다.

결국, 민호의 입에서 한 자씩 나오는 이름.

"종! 로! 큰! 손!"

재권의 얼굴에 놀라움이 가득했다.

지금 종로 큰 손은 병원에 입원해 있었다.

물론 어떤 병인지는 밝혀지지 않았다.

아무튼, 민호가 돈을 빌려야 한다는 대상 종로 큰 손은 상징적인 명칭이지, 진짜 종로 큰 손은 아니라고 생각했다.

그래서 재권의 입에서 나오는 말.

"너… 허유정 이야기하는 거지? 말했잖아. 저번에도 가서 돈 좀 융통해달라고 말했더니, 바늘로 찔러도 피 한 방울 안 나는 목소리로 우리 아버지 죽기 전에는 절대 안 된다고… 와아, 내가 이상형만 아니었다면, 다 엎어버리고 나왔을 거야."

"그렇군요. 그럼 결국… 포기해야 하나요?"

"……."

사실 포기하기 싫을 것이다. 그래서 계속 자극하는 민호.

다만 허유정에 대한 이야기는 계속해서 들어서 얼마나 가기 싫어하는지 잘 알고 있었다.

그래서 이번에는 마음먹고 재권에게 말했다.

"아시다시피, 돈을 구하기 위해서는… 형님이 허유정과 결혼하는 게 가장 좋은 방법입니다. 최대한 빨리."

"……."

안 회장의 두 번째 유산을 받는 방법은 두 가지다.

하나는 안 회장 임종과 관계없이 허유정과 결혼하는 방법.

두 번째.

양자 합의에 따라 결혼이 무산되면, 안 회장 임종 후에 상속받는 방법이 있었다.

민호는 전자를 권유했다. 하지만 재권은 그걸 이행할 수 없다. 하기 싫다는 게 아니라 허유정이 자신을 싫어한다고 생각하기 때문에 자신이 없는 것이다.

"결혼하시고 싶으시잖아요."

"하고 싶지."

"그럼 강하게 밀어붙이세요. 요즘 여자들은 야망이 있는 남자를 좋아하니까요."

"그래? 근데 이게 야망이랑 무슨 상관이야?"

"L&S 상사의 대표가 되기 위해서 도와달라는 말 하면, 알아들을 겁니다. 그때 보니까 똑똑한 여자 같더라고요. 아니면 이참에 그룹 총수를 노리고 있다고 하던가…"

"그룹 총수는… 너무 비현실적이잖아."

"노리고 있다는 말만 하는 게 돈 드는 건 아니지 않습니까? 적당히 야망만 보여주세요. 여자에 쩔쩔매는 모습을 보여주면… 저 같아도 형님과 결혼 안 합니다."

"그… 그런가?"

민호는 재권이 솔깃해하는 모습을 보고 속으로 웃었다.

사실 장담할 수 없는 일이다.

지난번 허유정을 보았을 때, 만만치 않은 기를 느꼈기에.

그래도 그녀가 야망을 품고 있는 것을 감지했다.

아니, 어쩌면 더 큰 것을 바라보고 있을지도 모른다.

"네. 그러니까 일단 형님은 사장님과 팜유 이야기를 매듭지으시고 종로로 가십시오. 저는…."

"……"

"종로 큰 손을 직접 만나러 가겠습니다."

"……!"

✤

재권을 박 사장에게 보내고 나갈 준비를 하러 자리로 돌아왔을 때였다.

인턴사원 조정환이 자신에게 봉지를 내밀었다.

"이게 뭡니까?"

"아까 경비실에서 전화 왔었습니다. 찾아가라고…."

"그렇군요. 고맙습니다."

"……."

그런데 그 말을 하고 나서도 정환은 자리를 뜨지 않았다.

민호는 물끄러미 정환을 바라보았다.

그의 얼굴에 할 말이 있다고 쓰여있었다.

"뭡니까?"

"저… 도와드리고 싶어서요."

"……?"

"진심입니다. 도와드리고 싶습니다."

민호는 순간적으로 도울 수 없는 일이라고 말하려 했다.

하지만 잠시 생각해 보았다.

그가 이렇게 말하는 이유를.

"요즘 하실 일이 없어서 심심한가 보군요. 환경 공학과
를 나왔다고 하셨죠?"

"네? 네."

"엘니뇨에 대해서 잘 아시겠네요."

"……?"

점점 모를 소리를 한다. 혹시 주제넘게 나서서 간접적으
로 꾸중하는 것일까?

정환은 그게 아니라고 생각했다. 그가 아는 민호는 꽤 직
설적이다. 그렇다면?

"잘 알고 있습니다. 대학 때 공부 열심히 했거든요."

"잘됐네요. 저기… 송연아 씨!"

"네?"

이번에는 연아를 부르는 민호.

그녀가 재빨리 정환의 옆에 섰다.

"통계학과 나오셨죠?"

"네. 그렇습니다."

"두 분은 이제부터 제가 하는 말 들으세요."

민호는 엘니뇨와 인도네시아산 팜유의 상관관계를 분석해서 제출하라고 말했다.

사실 이틀 동안 이것만 분석했다. 그래도 확신이 없었기에 그 둘에게 맡겨 보는 것이다. 현재는 몸이 열두 개라도 모자라기 때문에.

"그러니까 슈퍼 엘니뇨의 주기를 팜유의 생산량과 대조해보라는 말씀이시죠?"

"네, 정확히 알아들으셨네요. 그럼 부탁합니다."

"네, 알겠습니다."

민호는 슬쩍 웃었다. 정환의 눈빛에서 열정을 느꼈기 때문이다.

HOLIC : 그의 직장 성공기

46회. 종로 큰 손 2

예전 생각이 났다. 민호 역시 신입 사원 때 저 눈빛이었을 겠이다.

그래서 돌아서는 둘의 속삭이는 대화가 들리는 것을 보고 다시 웃는 민호.

(이틀 동안 밤새우시면서 이것만 하셨나 봐요. 저번에 들었을 땐, 천재라고 하던데, 노력형이었네요.)

(그러게요. 모든 일을 쉽게 하시는 줄 알았더니….)

그렇다. 그는 노력하고 있었다.

머리만 믿고 모든 것을 해낸다?

그건 진짜 태어날 때부터 천재인 사람에게 해당하는 일이었다.

민호는 사실 후천적인, 더 정확히 말하면 갑자기 생긴 능력으로 인해 머리가 좋아진 것이다.

사실 언제라도 좋아진 머리가 리셋이 될 수도 있었다.

그때를 대비해 노력하는 그의 가방에는 메모노트만 여러 권이 있다.

만일을 대비해서 떠오르는 생각을 모두 적은 것이다.

주차장으로 내려가는 그의 손에 들린 작은 메모노트에 최근 페이지는 엘니뇨와 팜유에 대해 잔뜩 분석한 것들이 적혀 있었다.

그는 그 옆에다가 조그맣게 '조정환과 송연아의 보고서'라고 첨부했다.

나중에 그들에게 보고서를 받아서 자신이 취합한 정보와 대조하기 위해 적어놓는 것이다.

그리고…

드디어 민호는 병원을 향해 발걸음을 옮겼다.

강남에 있는 더블에스 병원.

그곳 특실에 종로 큰 손이 입원해 있다고 들었다.

어디가 안 좋은지는 알 수 없었다.

다만 재권은 그에게 이렇게 말했다.

- 저번에 아버지한테, 그 영감님이 연양갱을 좋아한다고 들었어. 좀 사가. 기분 좀 맞춰주라고. 알았지?

재권의 장점과 약점은 분명했다.

쓸데없이 정을 준다는 것. 그래도 이번 건 따를만했다.

첫인상을 좋게 해서 나쁠 것은 없었으니까.

그래도 재권이 자신을 이렇게 믿고 있다는 게 신기했다. 아무리 인간적으로 친했다고 하더라도.

주차장에 차를 세우고 나오면서도 계속 그 생각이었다.

그러다가 큰 그림까지 그렸다.

재권이 L&S 그룹의 총수가 되면, 그것을 발판으로 자신은 한국 최고가 된다.

그렇다. 이게 최근 민호가 가진 꿈이었다.

아직은 구체적인 계획까지는 없었지만, 밑천 없이 시작해서 최고의 자리를 꿈꾸고 있었다.

이런저런 생각에 벌써 1층 매점에 도착했다.

연양갱을 잔뜩 샀다. 얼마나 필요한지 모르지만 한 아름 안길 생각이었다.

그런데 그때 옆에서 들리는 노인의 목소리.

"맛있겠다."

민호가 그를 보자 연양갱을 정말 먹고 싶어하는 표정으로 입까지 살짝 벌리고 있었다.

괜히 불쌍했다. 하지만 주고 싶지는 않았다.

"맛있겠다. 정말 맛있겠다."

민호는 들은 체도 하지 않았다. 특실로 가는 엘리베이터까지 가는 발걸음을 서두르기만 했다. 그런데 이번에는 옆에 따라오면서 계속 중얼거렸다.

"맛있겠다. 정말 맛있겠어. 먹고 싶다. 정말 먹고 싶다."

귀가 아플 지경이었다. 민호는 결국 하나 꺼내 들어서 그에게 내주었다.

"천원입니다."

"……?"

받으려는 노인의 주름진 손이 다시 들어갔다.

"그걸 꼭 돈 받아야겠어? 노인이 불쌍하지도 않아?"

"불쌍합니다. 그런데 전 막 퍼주는 사람이 아니라서."

"……."

노인은 잠시 말이 없었다.

민호는 다시 연양갱을 거두어들였다.

그때 혼잣말인 듯 노인의 입에서 다시 나오는 목소리.

"맛있겠다. 맛있겠어. 정말 맛있겠다. 할아버지가 있었다면, 딱 내 나이일 텐데…"

동정심 자극. 그런데 꿈쩍도 하지 않는 민호였다.

거의 엘리베이터에 도착했을 때 이제 포기한 듯이 노인이 다른 질문을 했다.

"병원에는 어쩐 일로 왔어? 혹시 자네 할아버지나 할머니에게 그거 주러 온 거야?"

"……."

"누군지 모르지만, 호실을 알려줘. 내가 거기 가서 얻어먹을 테니까. 말동무도 하고 좋잖아. 여기서 오래 있으면 외롭거든. 서로 의지하면 건강도 좋아져."

민호는 그 말에도 여전히 묵묵부답이었다.

엘리베이터만 기다리고 있었다.

그런데 잠시 후 도착한 엘리베이터의 문이 열리고 민호가 탔고, 노인도 같이 따라왔다.

민호는 여전히 신경 쓰지 않고 특실이 있는 9층을 눌렀다.

그때 노인의 눈이 변했다.

그러면서 민호를 천천히 바라보았다.

민호를 아래위로 훑는 종로 큰 손 허 씨!

9층에 도달할 때까지 민호의 모든 곳을 구석구석 보았다.

예전부터 돈 빌려줄 때 사람을 잘 봐야 한다고 했다.

이 사람이 갚을 사람인지 아닌지.

'요 녀석 봐라. 수중에 있는 걸 절대로 안 내주는 놈이네.'

아까 비서에게 연락이 왔다.

재권의 대리인이 온다고.

분명 민호가 돈이 필요해서 왔을 거로 생각한 종로 큰 손.

좀 전에 자신이 졸라도 꿈쩍하지 않은 민호.

웬만하면 하나쯤 줄 수 있었을 거 같은데 말이다.

살짝 억울했다.

비서와 경호원 몰래 특실을 탈출해 연양갱 하나 확보 못 한 것이.

그런 와중에 9층에 도착했고, 문이 열렸다.

순간.

민호의 입도 같이 열렸다.

"다 왔습니다. 내리시죠, 허 대표님."

종로 큰 손은 상당히 놀랐다.

아까부터 이미 자기를 알아보았다는 이야기인데.

"네가 늙은이를 농락한 게로구나."

"아뇨. 찍었습니다. 9층까지 같이 오셨지 않습니까? 특실 이용하는 사람이 얼마나 많다고. 나이도 그만하면…."

"그만하면 뭐? 내가 그렇게 늙어 보이냐?"

"네."

표정 하나 변하지 않고 민호는 엘리베이터에서 내렸다.

종로 큰 손은 그 뒤를 따라가면서 뭔가 더 따질 거리를 생각했다.

하지만 그러기가 힘들었다.

그의 눈앞에 특실 앞의 분위기가 딱! 보이면서 잠시 신경을 그쪽에 써야만 했다.

민호의 눈에도 그 광경이 그대로 보였다.

특실 앞은 꽤 부산했었으니까.

갑자기 없어진 종로 큰 손 허 씨를 찾는 사람들과 그들을 질책하는 비서 때문에 난리가 난 것 같았다.

그러다가 민호와 같이 오는 노인을 보며 비서로 보이는 사람이 황급히 다가왔다.

"어르신, 어디를 다녀오십니까? 한참을 찾았습니다. 몸도 안 좋으신데."

"안 좋기는 뭐가 안 좋아? 여기… 다 돌팔이들밖에 없어. 당뇨병으로 죽는 사람이 어디 있다고 나를 이렇게 죽을 사람으로 몰아붙여?"

"그게 아니라… 아이고, 알겠습니다. 어서 들어가시죠. 혈압도 안 좋으신데, 그만 역정 내시고요."

"시끄러워! 내 발로 내가 들어가니까 이 손 놔!"

종로에서 뺨 맞고 한강에 화풀이하는 격으로, 민호에게 당한 종로 큰 손은 비서가 잡은 손을 뿌리쳤다.

그리고 쩔쩔매는 비서를 제치고 병실로 들어갔다.

당연히 그 뒤를 반사적으로 따르는 민호.

그런데 병실 앞에는 자리해 있던 거한들이 종로 큰 손이 들어가자 민호의 앞을 가로막았다.

이상하게 민호는 그들을 보고 겁이 나지는 않았다.

약간 중저음으로 그중 하나가 이렇게 물어도,

"무슨 일로 오셨죠?"

당당하게 물어본 거한의 눈을 피하지 않았다.

그 눈빛이 맘에 들지 않았는지 거한의 인상이 험악해졌지만, 딱 거기까지다.

종로 큰 손이,

"들어오게 놔둬."

라고 말하자 길을 비켜주었다.

민호가 들어가자 그는 비서에게 자리를 비켜주라고까지

말했다.

"어르신, 그래도 제가 옆에서 돌보겠습니다."

"됐어. 어디 안 도망갈 거야. 걱정하지 마!"

"정말 어디 가시면 안 됩니다. 정말입니다. 한 번만 더 그러시다가는 제가 아가씨에게…."

"됐어. 그 이야기 그만해."

도대체 저 거한들이 지키고 있는데, 어떻게 도망을 쳤을까?

민호는 잠시 그게 궁금했지만, 묻지 않기로 했다.

쓸데없이 관심 두는 것을 싫어하는 사람 같았다.

지금의 속박을 답답해 하는 것을 보니 확실했다.

"그 녀석이 안 오고 왜 네가 왔냐?"

"저를 아십니까?"

괴팍해 보이지만 철저히 상대를 조사하는 노인 같았다.

자신을 알 거라 예상했던 바였지만, 한번 물어보고 싶었다.

사실 재권과 같이 오지 않은 이유는 분업을 위해서이기도 하지만, 이런 노인을 상대하는 데 자신이 더 적합할 것으로 보았다.

더군다나 재권은 살짝 이런 말까지 하며 여기에 오는 걸 꺼렸다.

─ 아버지 말로는 상당히 괴팍하대. 그런데 약간 싸가지

없으면서도 대찬 사람을 오히려 배짱 있다고 칭찬한다더군. 그러니까 네가 가.

기분이 좋아야 할지 말아야 할지 고민되는 말이었다.

자세히 들으면 자신이 싸가지가 없다는 의미였으니.

어쨌든 재권은 허유정을 맡고, 자신은 종로 큰 손을 상대하기로 합의 봤다.

민호는 특히 긴장을 잘 안 하는 성격이다.

가끔 이게 절차를 무시하고 과정을 넘어서기도 하지만, 지금까지 운 좋게 성공을 이루었다.

"네 이름까지 말해주랴? 김민호 아니냐?"

"잘 알고 계시는군요."

"안 회장님께 말은 많이 들었다. 그분이 죽을 때가 되시니까 사람 보는 눈이 엉망이시구먼. 입에 침이 마르도록 칭찬하시더니만, 내가 봤을 때에는 완전 허당 같이 보이는데…."

민호는 웃었다. 허씨가 어쨌든 자신을 깎아내린다고 해도, 안 회장이 높이 평가한다는 말을 노출했다.

"왜 웃어? 응? 내가 웃겨? 내가 만만해?"

"아뇨. 지금까지 무례했으니까, 좀 예의 있게 대해드리려고요."

"웃기고 자빠졌네. 하던 대로 해. 이미 네가 싸가지 없다는 거 다 밝혀졌는데, 연기해서 뭐해?"

"좋습니다."

이렇게까지 말하는데 웃고 있을 수만은 없는 민호.

어차피 오늘은 배짱 하나 믿고 왔다.

아무리 머리가 좋다고 할지라도, 돈을 빌리는 데에는 빌려줄 사람의 심리까지 계산하지는 못하니까.

그래서 표정을 굳혔다.

단도직입적으로 용건을 말하려고 운을 띄웠다.

"제가 온 이유는 대충 아실 거 같은데, 말할까요?"

"알지. 그래서 나도 직접 말하려고 아까 너한테 그냥 오라고 한 거야. 요즘 젊은 것들은 얼굴에 대놓고 이야기해야지 포기가 빠르거든. 자, 귀 씻고 똑똑히 들어라. 너희 회사에 빌려줄 돈은 없다. 이게 내 대답이다."

아까 본 인상은 동정심을 일으키려고 애쓰더니, 지금은 완전히 바뀌었다.

고집스러운 눈매와 매부리코, 매정해 보이는 입까지…

마치 스크루지 영감처럼, 악덕 고리대금업자가 지니고 있는 모든 걸 얼굴에 담아놓은 것 같았다.

그래서 L&S 상사에 빌려줄 돈이 없다고 이야기하는 허씨의 선언은 정이 뚝뚝 떨어졌다.

하지만 민호는 전혀 당황하지 않았다.

"돈을 빌리다니요? 당연히 받을 돈을 받기 위해서 온 겁니다."

"……"

"안 회장님의 돈은 안재권 부장에게 상속되어야 한다고

들었습니다. 그 돈을 받으러 온 겁니다."

"네가 지금 나랑 말장난하러 온 거냐?"

"말장난이라니요?"

민호는 어깨를 한 번 으쓱하더니 다시 말을 이었다.

"안재권 부장과 따님이 결혼하면 받을 돈입니다. 그걸 미리 받겠다는데, 뭐가 문제입니까? 아, 제가 그 말을 빼먹었군요. 결혼식은 차후에 올리고, 일단 혼인신고는 미리 할 수 있다고 전해달라고 했습니다."

HOLIC : 그의 직장 성공기

47회. 투자금

주어를 뺐지만, 여기서 전해달라는 주체가 누군지는 알 수 있었다.

그래서 더욱 어이가 없었다.

좀 더 날카로운 목소리로 허 씨가 다그치듯이 말했다.

"허당인줄 알았더니… 정신병자로구나. 아니면 그 녀석이 정신병자든지. 혹시 유정이가 제대로 표현 안 했나? 싫다더라. 줏대도 없어 보이고… 오오, 그리고 보니 너 혹시 애인 있냐?"

"있습니다."

"그래? 어떤 앤데? 결혼할 건 아니지? 너 정도 되는 애가 아무하고나 결혼하면 안 된다. 내가 좋은 애 소개해주마.

어떠냐?"

민호는 여전히 무표정이었다. 상대는 뭔가 핵심을 빗겨 나가는 대화를 유도하는 것 같았다.

"아뇨. 지금 사귀는 여자와는 결혼할 생각입니다. 자, 이제 다른 이야기는 끝! 더 물어도 대답 안 할 테니, 돈이나 주십시오."

"하아, 말하는 싸가지가…."

"어차피 결혼하면 주는 거 아닙니까?"

"결혼 안 한다니까. 나도 내 딸 고집은 절대 못 꺾는다. 그러니까 차라리 네가 내 사위를 하면…."

민호는 이제 인상까지 썼다. 인제 보니 아까 소개해준다는 사람이 허유정이었다.

"따님이 제 취향이 아니라서 거절하겠습니다. 애인이 없어도 싫으니까 이야기 꺼내지 마십시오. 다시 본론으로 들어가서… 돈은 이번 달까지 주십시오. 다음 달에 들어가는 돈이 꽤 많으니까."

"하아, 완전 막무가내구나. 내가 왜 그 돈을 줘야 하는데? 아직 정해진 건 아무것도 없잖아. 안 회장이 죽은 것도 아니고, 그 노인네 아들내미와 내 딸이 결혼한 것도 아니고. 안 그래?"

"그러니까 혼인신고를 하면 된다지 않습니까? 이게 밑지는 장사라고 생각하시나 본데, 따님은…."

"……."

"L&S의 총수 사모님이 될 겁니다."

이제 노인은 어이가 없었다. 정말 막무가내를 만났다고 생각했다.

"총수 사모님? 그 말도 안 되는 걸 나보고 믿으라는 거냐?"

"그건 별개의 문제입니다. 그리고 지금쯤 아마 형님은 따님께 청혼하고 있을 겁니다. 사랑보다 야망이 있는 따님의 성향에 조건 하나 들고 갔죠."

"조건?"

궁금하다. 무엇인지. 그런데 더 궁금한 게 있었다.

"좋다. 뭐… 그건 유정이가 알아서 선택할 문제고… 그럼 한 가지만 물어보자."

"말씀하십시오."

"유정이가 그 녀석이랑 결혼하면 L&S 총수 부인이 될 거라고 말했는데, 그럼 네 아내가 될 사람은 나중에 뭐가 되는 건데?"

이것을 물어보는 허 씨의 눈에 광채가 서렸다.

늙은 생강이 맵다. 야망의 크기를 재보려는 것을 왜 모르겠는가.

자신의 장래 아내가 무엇이 될지 묻는 말은 결국, 자신의 꿈을 묻는 말임을 그는 알았다.

그래서 질문을 받은 후 민호는 슬쩍 웃었다.

"그건 경험 많으신 영감님께 한 번 물어야겠습니다.

제가 어디까지 올라갈 거 같습니까? 아, 맞다. 이번에 투자하시는 금액으로 평가해주십시오.”

노인은 잠시 말문이 막혔다.

사실 오늘 몇 번이나 말문이 막혔다.

생각보다 더 강적이다. 안판석 회장에게 들었을 때에는, 그냥 보통 이상 정도라고만 생각했었는데… 잠시 생각해보았다.

그의 인생에서 상대에게 말발로 이기지 못한 적이 몇 번이었는지를.

안판석 회장을 제외하고는 거의 없었다. 사실은 그를 이기려고 해본 적이 없었기 때문에, 아예 없었다고 말해도 과언이 아니었다.

“제가 좀 당돌했습니까? 아까 저를 높이 평가해주시는 것 같아서요. 따님까지 주실 생각을 하는데, 제가 얼마인지 궁금했습니다. 여하튼 기대해보겠습니다.”

민호는 마지막으로 이 말을 남기고 떠났다.

자리에 남은 노인은 진한 여백을 곱씹고 있었다.

넓은 특실에 혼자서 그러고 있으니 쓸쓸해 보였다.

하지만 실제로는 그 혼자가 아니었다.

간병인이 따로 잘 공간이 있을 정도로 넓은 특실.

민호가 간 뒤에 간병인이 머무는 그곳에서 누군가 나왔다.

노인을 약간 닮았지만, 아름다운 얼굴 때문에 유전자를

의심해야 할 허유정이었다.

그녀는 나오자마자 무표정한 목소리로 노인에게 말했다.

"거 봐요. 저 남자의 야망이 더 크다고 했죠?"

노인은 민호가 간 뒤에 문서를 보고 있다가 그녀의 목소리가 들리자 고개를 들었다.

"그러게… 여기 사진으로 보면 허당인데… 참 묘한 놈일세… 저 녀석이 미국에 직접 가서 라면을 팔았다고?"

"네. 그리고 거기에 적혀 있다시피, A&K와 협력관계를 구축했고, 퀸즈 펀드의 투자를 계획했죠. 무엇보다도 안재권과 박상민이 손을 잡게 한 게 최고의 한 수였다고 생각해요."

생각해보니 노인이 말싸움으로 지는 상대가 한 명 더 있었다.

오십이 넘어서 본 딸, 허유정. 그녀에게는 절대 이길 수 없었다.

애지중지 키웠는데, 아무에게도 주고 싶지도 않았다.

재권이 아니라 민호가 안판석 회장의 아들이었다면 좋았을 텐데…

"거 참… 정말… 허어…."

"어쨌든 투자 가치는 충분하다고 생각해요. 이미 마음 정하신 것 같지만."

허유정은 감탄사를 계속 연발하는 아버지를 보며 미소를

지었다.

그녀는 사실 안에서 민호와 아버지의 대화를 다 들었다.

민호에게는 내일 결정해주겠다는 말을 하고 보낸 노인.

하지만 이미 투자를 마음먹었다는 걸 눈치챘다.

아니나 다를까, 드디어 종로 큰 손의 입에서 결심이 쏟아
져 나왔다.

"애비가 죽을 날이 얼마 안 남았지. 어쩌면 내 인생에서
마지막 투자가 될지도…, 그런데…."

"……."

"아까워. 정말 아까워. 딱 내 사윗감인데 말이야…."

그는 그렇게 말하며 보고 있던 문서를 내려놓았다.

그 문서에는 민호의 사진과 함께 그에 대한 모든 뒷조사
가 적혀 있었다.

✽

병원을 나오면서 민호는 확신했다.

종로 큰 손이 반드시 투자할 것이라고.

이것은 그의 머릿속에서 이루어지는 계산과 관계없는 것
이지만, 왠지 모르게 그 느낌을 받았다.

그러다 문득 고개를 살짝 갸웃하게 되는 일.

'당뇨병으로 이렇게 오랫동안 입원할 수 있을까?'

의문이 들었다.

특실까지 예약한 채 저렇게 입원해 있는 것은 중병일지도 모른다는 생각이 떠올랐다.

– 지이이잉.

그때 다시 울리는 스마트폰의 진동소리.

사실 아까부터 진동이 울렸었다.

스마트폰을 확인하니, 부재중 전화가 여러 통 와 있었다.

모든 발신자가 재권.

그래서 통화 버튼을 누르니 신호음이 갔다.

– 위, 아래, 위, 위, 아래, 아래⋯

걸 그룹 정말 좋아한다고 생각하며 음악을 듣는데, 곧 재권의 목소리가 들렸다.

(민호야, 허유정이 없어!)

"연락하고 가셨잖아요."

(여기서 기다린다더니 튀었어. 젠장⋯.)

"헐⋯."

종로 큰손에게 지금쯤 청혼하고 있을 거라고 말했는데, 완전 '개뻥'이 되고 말았다.

하긴 만났어도 재권이 성격에 청혼은 하지 못했을 것이다.

그냥 꿀리기 싫었을 뿐이다. 그래서 세게 나간 건데⋯

그래도 효과가 있어나 보다. 다음날 출근했을 때 모르는 전화번호가 떠서 받아보니 종로 큰 손이었다.

민호는 재빨리 비상구를 찾아갔다.

"드디어 결정하셨군요."

(그렇다.)

"현명한 선택이십니다."

(…….)

아마 말문이 막혔을 것이다.

투자한다고 말하려고 했는데, 민호가 선빵을 날려버렸으니.

점점 말려든다는 기분도 들었을 텐데…

(어째, 너는 그렇게 싸가지가 없냐? 이럴 때면 고맙다고 해야 하는 거 아니냐?)

"고맙죠. 당연히. 그런데 지금 투자해서 나중에 돈 버시면 저한테 고맙다고 하실 건가요? 그럼 진짜 고맙다고 말씀드리겠습니다."

(됐다. 끊자. 너랑 이야기하니까 혈압이 갑자기 오른다. 아, 이거 하나만. 내가 투자하는 건 그 상사가 아니라 너다.)

"그렇습니까?"

(3천억이야. 그러니까 이 투자금을 반드시 두 배로 불리도록.)

"두말하면 잔소리죠."

(그럼 끊는다.)

종로 큰 손이 전화를 끊자 미소를 지으며 스마트폰을 집어넣는 민호.

사무실로 다시 들어갔을 때 신 나는 표정으로 재권이 다가와서 그를 잡아끌었다.

유리회의실에서 그는 흥분된 목소리로 말했다.

"허유정에게 전화가 왔어."

"아, 네…."

"투자하겠데. 금액도 상당히 커. 3천억 원이야!"

민호는 이미 종로 큰 손과의 통화로 그 금액을 알고 있었다.

하지만 재권의 자신감을 위해서 짐짓 모르는 척 연기했다.

아니나 다를까, 금세 목소리에 힘이 들어가며, 허세가 살짝 묻어 나왔다.

"이건 허유정이 나를 마음에 들어 한 거야. 그렇지 않아? 하하하."

"네? 아… 네… 살짝 그렇다고 볼 수도 있고…."

"다만 투자방식이 좀 문제가 될지도 몰라."

"유상증자군요. 그것도 제삼자를 배정으로 한 유상증자…."

보통 주식회사가 주식을 통해서 돈을 모으는 방법은 신주발행이 있었다.

그것을 증자라고 하는데, 3자 배정 유상 증자는 특정인을 대상으로 한 신주 발행이었다.

어쨌든 재권은 늘 민호가 자기 생각을 맞출 때마다 이런 표정을 지어주고 있었다.

너무 솔직하다. 거기다가 표현도 바로 했다.

"어? 어떻게 알았어?"

노인네의 머리인지 허유정에게서 나왔는지 몰라도 확실히 돈을 아는 이들이었다.

투자자에게 주식을 협상 가격으로 넘긴다는 3자 배정 유상증자.

"헐… 머리 좋네요. 이건 투자를 빙자한 돈 따 먹기잖아요!"

"아무럼 어때? 우리도 우호지분이 더 생기는 거잖아. 거기다 허유정이랑 결혼하면, 그 지분이 내 거가 될 수도 있지."

설마 그렇게 단순하게 진행될까?

절대 그렇지 않았다.

단 1원도 손해 보지 않을 것 같은 영감에, 그 딸이었다.

어제만 해도 자신에게 연양갱을 착취하려고 애를 쓰지 않았던가.

사실 그때부터 감을 잡았기는 했다. 그가 혹시 종로 큰손이 아닌지.

어쩌면 그 역시 자신을 알아보고 연양갱을 달라고 했을지도 모른다.

막무가내로 그를 무시하며 연양갱을 주지 않은 것은 그 수싸움 때문이었고, 나름대로 승리했다고 민호는 생각했다.

그 승리가 그 이후의 협상 과정을 유리하게 이끌었으리라.

"그런데 아까 문제가 된다고 말씀하신 게 뭡니까?"

"3자 배정 유상증자를 말하면, 회사 주가가 내려갈지도 몰라서."

그 말을 듣고 민호는 고개를 끄덕였다.

원래 3자 배정 유상증자는 호재일 가능성이 높았다.

회사의 미래와 비전을 보고 투자자가 돈을 투자한다는 의미이니까.

하지만 상사가 처한 현실은 지금 꽤 복잡하다.

지난번 주주총회를 하면서 〈형제의 난〉이 부각되어 있어서 불안하다는 평가를 받고 있었다.

제삼자에게 투자받는다는 것은 경영진이 돈이 없다는 뜻이어서, 그 불안한 미래를 더 불안하게 만드는 일이었다.

그러나 어쩔 수 없는 일이다. 그리고 차후 대책은 준비되어 있었다.

이로써 일단 대금 결제가 밀린다고 해서 꿀릴 것 없는 L&S 상사.

신문에는 어떻게 알았는지 벌써 3자 배정 유상증자 이야기가 터져 나갔다.

그러면서 사람들의 호기심을 자아냈다.

별별 소문이 있던 L&S 상사가 3자 배정 유상증자를 한 이유에 대해서.

언론은 자금 부족을 꼽았다.

박상민 사장의 개인 재산이 많지 않았기에 외부의 자금을 동원해야 할 정도로 다급한 상황이라고.

증권가 찌라시는 스캔들만 있는 게 아니었다.

제법 믿을만한 소식도 출처를 알 수 없는 곳에서 번져나갔는데, 요 며칠 L&S 상사에 대한 악의적인 소문이 생겨나기 시작했다.

그중 제일 큰 것은 상사가 L&S 그룹의 후계자 안재현의 외면을 받고 있다는 이야기다.

그래서 제대로 지원을 받지 못하고 계열 분리로 회사 재정이 부실화될 거라는 예측도 있었다.

이 소문들이 주가하락을 부채질했다.

연일 하한가를 맞이하니 재권은 3자 배정 유상증자로 막대한 손해를 본 종로 큰 손과 허유정의 표정이 떠올랐다.

HOLIC : 그의 직장 성공기

48회. 인도네시아로…

"어디까지 떨어질지 모르겠어. 그리고 언론이 무슨 마음을 먹었는지…."

"아마도 저쪽에서 언론에 많은 정보를 넘기는 것 같습니다."

재권의 불안해하는 말에 민호가 대답했다. 물론 그가 말하는 '저쪽'은 안재현 측을 의미했다.

"확실히 언론플레이를 잘하네요. 저번에도 느꼈지만, 불안감을 조성하는 데는 최고인 것 같습니다."

"지금 형님을 칭찬할 때가 아니다. 언질 좀 줘야 하는 거 아닐까? 그래도 장래의 장인어른인데…."

계속해서 불안해하는 재권을 보며 민호가 웃었다.

그 미소를 보며 재권은 희한하게도 불안함이 가시는 것을 느꼈다.

민호의 자신감. 그것에 동화된 것이다.

"너 왜 웃어? 뭐 있지?"

"뭐가 있다기보다는… 제가 봤을 때에는 종로 큰 손이 오히려 지금 엄청나게 주식을 사들이고 있을 거예요. 주가가 내려가서 딱 적당한 가격이었잖아요. 지금 거품이 꺼지는 것처럼 보일 때 주식을 사둘 겁니다."

"그럴까?"

"대한민국에서 돈의 흐름을 아는 사람 중 몇 손가락 안에 들어가는데… 모르지는 않을 거예요. 너무 걱정하지 마세요. 거기다가…."

잠시 말을 끊은 후에 자신의 입을 지켜보는 재권을 향해서 민호는 다시 말을 이어갔다.

"이제 그거를 발표해야죠. 우리도 언론 플레이 들어가는 겁니다."

"그렇지, 그거! 기다리고 있었어."

이들이 말하는 '그거'는 바로 프리미어 마트였다.

지금까지 은밀하게 추진되어왔던 것을 드디어 언론에 발표한다는 말이었다.

물론 파급효과는 미지수일지 몰랐다.

하지만 이 발표로 인해서 한 가지는 얻을 수 있었다.

돈이 없지는 않다는 것.

3자 배정 유상증자를 한 목적이 프리미어 마트 위한 자금 확보라는 점이 어필할 가능성이 높았다.

그리고 그날 저녁 홍보팀에서 언론에 자료를 뿌리고 기자를 불러 프리미어 마켓을 알렸을 때.

민호는 인터넷 포탈 경제면을 장식한 L&S 상사 이야기에 웃음을 띠었다.

– L&S 상사 대형마트 진출.

– 신개념 프리미어 마트로 다음 달 초에 서울 광진구에서 첫 삽.

– L&S 상사의 도전. 대형마트 4파전이 벌어지는가.

지금까지 떨어졌던 주식이 다시 오르기 시작한 것은 아주 당연한 일이다.

현재 민호는 승부를 즐기고 있었다.

일개 대리지만, 멍석을 자주 깔아주는 박상민 사장과 결정력 장애를 가진 재권이 그에게 승부를 할 기회를 자주 연출해주었다.

일단 적수는 안재현이다. 확실히 그가 자신의 막냇동생인 재권과 다른 게 매사 추진하는 일에 과감하고 결단력이 돋보였다.

그러나 이번에는 임자를 만난 것 같았다.

민호는 그의 언론 플레이에 맞대응했다.

지금까지 아껴두었던 프리미어 마트 카드를 아주 적절할 때 사용하는 치밀함.

거기다가 한 가지 더 있었다.

"김 대리님. 드디어 모든 조사가 끝났습니다. 여기 지금까지 모은 데이터입니다."

네모돌이 조정환이 자신만만하게 지난 2주간 조사했던 자료를 민호에게 제출했다.

함께 일한 송연아도 옆에 있었는데, 특유의 동글동글한 외모에 살이 쏙 빠진 것처럼 보였다.

민호는 보고서를 받아들고 쭉 살펴보았다.

거기에는 5~6년에 한 번씩 오는 엘니뇨의 시점이 올해이며, 1997년 이후 가장 큰 엘니뇨가 올 확률에 대해 적혀있었다.

– 79%

긍정적인 사람은 높은 확률에 자신의 운을 시험하고, 부정적인 사람은 낮은 확률에 한 번 더 망설이게 된다.

물론 후자를 신중하다고 말하는 사람도 있지만, 민호는 자신이 그에 해당되지는 않는다고 생각했다.

무엇보다도 냉철한 머리가 말해주고 있었다.

79% 확률 이전에 팜유의 구매는 안재현에게 카운터 펀치를 먹일 완벽한 도구라고.

생각한 대로 흘러갈 것만 같은 기분에 민호는 자신의 앞에 서 있는 두 인턴을 바라보며 이렇게 말했다.

"수고했어요. 내가 오늘 저녁 한턱 쏠게요."

씨익 웃는 정환. 그 옆에서 연아도 웃음을 감추지 못했다.

그러나 잠시 후.

한턱 쏜다는 말이 술일 줄 알았는지 정환과 연아의 눈에는 실망감이 살짝 비쳤다.

더군다나 아주 좋은 밥도 아니다.

가격으로 친다면, 저렴하기 짝이 없었다.

민호가 데리고 온 곳은 서울에서 약간 떨어져 있는 광명.

바로 케이티의 회사가 있는 곳이었다.

그렇다고 케이티의 회사를 가는 것도 아니었다.

스웨덴의 세계적인 유통그룹 아이케 코리아에 둘을 이끌고 왔다.

"설마 여기서 쏘신다는 말씀입니까?"

"여기서 쏠 건데요."

혹시나 질문한 것에 역시나 대답하는 민호를 보며, 진짜 실망했다는 표정을 짓는 정환.

하지만 그 표정에는 아랑곳하지 않고, 민호의 눈은 계속해서 아이케의 물품을 바라보았다.

하나의 방에 꾸며진 여러 가구와 작은 소품들이 그의 눈을 자극했다.

합리적인 가격으로 연출할 수 있는 최대한의 공간미를 보여주는 것 같았다.

그의 눈이 점점 빛났다.

언젠가 결혼할 유미와 이런 공간에서 맞이할 행복한 삶

을 꿈꾸고 있는가?

"사실은 시장 조사 겸 온 겁니다."

"시장 조사요?"

"네. 지금 열심히 짓고 있는 프리미어 마트에 뭐가 필요한지, 어떤 게 잘 팔릴지, 그리고 어떻게 해야 고객들을 끌어모을지. 이런 걸 조사하러 온 겁니다."

"그건 마케팅팀에서 하는 거 아닙니까?"

정수는 고개를 갸우뚱거리면서 물었다.

"전적으로 의존할 수 없습니다. 그리고 마케팅팀에서 조사한 걸 제대로 판단하기 위해서는 우리도 잘 알고 있어야죠."

"……"

"……"

정환도 연아도 이 말에는 입을 닫아야만 했다.

특히, 아까부터 연아의 눈에는 하트 뿅뿅이었다.

원래부터 멋있다고 생각한 민호였다. 거기다가 늘 이렇게 설명을 해주니 호감도 상승이다.

안타까운 것은 그에게 여자 친구가 있다는 점이다.

그래서 호감도를 존경으로 바꾸었다.

이렇게 되니 민호의 한 마디는 그녀에게 항상 교과서 이상의 것이 되었다.

지금도 아이케의 물건을 샅샅이 눈에 담았다.

물론 그녀의 머리에도 의문이 남는 게 있었다.

"그런데 이곳은 저가 물건이 대부분인데, 프리미어 마트는 가격이 센 물품 위주 아닌가요?"

"가격에 상관없이 보시면 좋을 거 같아요. 비싼 걸 판다는 이미지는 백화점이 가지고 있습니다. 필요한 걸 합리적인 가격으로, 해외의 물건을 굿 프라이스로 구매한다는 느낌. 바로 그것을 찾으면 됩니다."

고개를 끄덕이는 연아.

정환도 이제는 납득했다는 얼굴로 매장을 둘러보았다.

그리고 이어지는 저녁 식사.

식사용 카트에 쟁반을 넣고 이동했다.

뷔페도 아닌 것이, 직접 셀프 서비스를 하며 값을 치르는 사람들.

그런데 참 저렴한 식단이었다.

만원을 넘는 것은 없었고, 기껏해야 비싼 게 6천 원에서 7천 원대.

그 가격대를 바라보며, 민호는 이곳의 희생상품이 푸드코트일지도 모른다고 생각했다.

"이천 원짜리 김치볶음밥이라니…"

그의 귀에 푸념처럼 들리는 정환의 음성은 한 귀로 흘려버렸다.

대신 민호의 눈에는 이곳이 성공하게 된 이유를 찾기 바빴다.

급기야 노트를 꺼내고 적었다.

연필의 겉면에는 아이케가 찍혀 있었다.

곳곳에 있는 연필이 고객들에게 편의성을 제공한다는 점도 나쁘지 않았다.

그런 그를 보며 계속 툴툴거리던 정환이 한 마디 더 추가했다.

"휴우, 정말 온종일 일에 파묻혀 사시는군요. 처음에는 부러웠는데, 이제는 여자 친구분이 불쌍…."

- Shake it! Oh, Shake it! 밤새 나랑 Shake it, Baby~

그때 정환의 불평과 동정이 담긴 목소리보다 더 크게 들리는 민호의 전화벨 소리.

"어, 유미야."

그의 얼굴이 급속도로 환해졌을 때, 정환과 연아는 누구와 통화하는지 표정만 봐도 알 수 있었다.

(오빠 어디야?)

"여기 푸드코트. 밥 거의 다 먹었어."

(알았어.)

민호는 웃으며 전화를 끊었다.

하루 중 가장 듣고 싶은 '오빠'라는 말이 그의 얼굴을 밝게 해주었다.

잠시 후 만날 그녀와의 데이트를 기대하는 듯이.

그래서 그런지 정환과 연아의 식사가 다 끝난 것을 확인한 후 이렇게 재촉하듯이 말했다.

"자, 맛있게 드셨죠?"

"네… 맛있게 먹었습니다…."

"저도요…."

약간 볼멘소리지만, 간단히 무시해주고 하고 싶은 말을 하는 민호.

"숙제가 있습니다. 오늘 이곳에서 본 걸 프리미어 마트에 어떻게 적용시킬지 아이디어를 생각해 오세요. 다음 주까지 보고서로 작성하시면 됩니다."

"……!"

"그리고 전 이제 데이트가 있어서 일어나보겠습니다. 매장 더 조사하시는 게 좋을 거예요. 두 분의 보고서… 제가 채점해서 부장님께 드릴 거니까요."

웃으면서 말하는 악마의 얼굴.

정환의 눈에 민호는 그렇게 비쳤다.

하지만 인턴 목숨은 파리 목숨이었다. 그의 지시를 이행하지 않을 수 없는 법.

결국, 그와 연아는 남아서 더 매장을 둘러봐야만 했다.

뒤돌아서는 그들의 등 뒤에 민호는 마지막으로 복장 터지는 목소리로,

"둘이 예비부부라는 생각으로 둘러보시는 게 좋을 겁니다. 하하하."

라고 웃으며 떠났다.

조금 있다가 그가 맞이하는 즐거운 목소리.

"오빠!"

유미의 눈부신 하얀 셔츠. 어깨의 맨살이 드러나 있었는데, 오늘따라 더 매끈해 보인다.

그 날 두 인턴의 눈에 진짜 예비부부처럼 매장을 둘러보는 민호와 유미의 모습이 몇 번이나 보였다.

민호는 사실 그 목적으로 유미를 부른 것이다.

데이트 겸, 시장 조사 겸, 유미의 취향을 알아볼 겸.

민호의 얼굴에는 웃음꽃이 필 수밖에 없었다.

그런데 다음날.

그의 표정이 백팔십도로 변했다.

재권에게 불려가서 전달된 소식 때문이었다.

"출장이요?"

"응. 인도네시아로."

"거긴… 음… 꼭 제가 가야합니까?"

"지금 이 일을 창조영업부에서만 진행하고 있잖아. 사장님도 이 건을 비밀에 부치고 있어. 그러니까 이 부서에서 누군가 가야 하는데… 아무래도 나보다는 네가 낫잖아."

팜유의 세계 1위 수출국, 인도네시아.

민호가 계획한 팜유 전쟁의 서막은 현지에서 하는 게 훨씬 효율적이었다.

가지 않아도 충분히 물건을 들여올 수 있지만, 가서 현지를 보는 게 훨씬 도움이 된다는 재권의 말.

실상 그 말을 민호가 먼저 했다.

그 이유는 출장이 자신이 할 일이 아니라고 생각해서였다.

왜 그런 생각을 했는지 모르겠다.

아마도 출장에 대한 거부감이 살짝 들었을지도.

하지만 유미와 장시간 떨어지는 것은 이제 그가 원하는 일이 아니다.

"그렇기는 한데…."

"그럼 내일이니까, 준비 마치고… 부탁해!"

그렇게 말하고 유리회의실을 나가는 재권.

어쩐 일인지 오늘은 유난히 빠른 결정을 하고 나갔다.

반면, 언제나 당당했던 민호의 눈이 살짝 흔들렸다.

'잘할 수 있을까?'

민호에게 어울리지 않는 표현이지만, 살짝 자신감 부족이 엿보였다.

그럴 수밖에 없었다. 유미 없는 3박 4일간의 출장기간. 순수하게 자신의 실력에 기댈 상황이니, 그가 걱정하는 것은 무리도 아니었다.

그러다가 가슴을 폈다. 눈에는 다시 불꽃을 피워냈다.

눈에는 '왜 못해? 하면 돼지!' 라는 말이 새겨져 있었다.

언제까지 유미에게 의존할 수는 없었다.

아니 그녀 없이도 해내리라.

그는 그렇게 다짐했다.

다행히 그와 동반하는 사람이 아영이었다.

영어에 관해서는 확실히 믿을 수 있는 사람.

그는 오히려 현지에서 잔뜩 적어올 수 있도록 메모수첩을 챙기는데 여념이 없었다.

사전 조사도 마찬가지.

그는 밤새 인도네시아에 대해서 공부했다.

민족 구성, 문화적 특성, 심지어 이슬람까지.

실수하지 않기 위해 메모수첩에 적고 또 적었다.

불안해서 그런지 더 많이 준비하려고 했다.

그렇게 다음날이 되고.

민호는 스스로 할 수 있다고 최면을 걸고 공항으로 나갔다.

너무 자기 일에만 신경 쓴 나머지 아영에게 전화한다는 것을 잊은 민호.

어디서 만나는지 미리 말해놓지 않았다.

그래서 꺼낸 스마트폰으로 그녀에게 전화할 찰나에…

재권에게 문자가 왔다.

- 민호야, 아영 씨가 갑자기 아프다고 해서 출장을 같이 못 갈 것 같아.

청천벽력? 마른하늘에 날벼락도 유분수지 이건 또 무슨 소리인가?

갑자기 눈앞이 컴컴해지는 기분이었다.

그동안 영어 회화를 열심히 준비했지만, 그래도 불안했는데…

턱!

짐을 놓고 자리에 앉아 잠시 생각해 봤다.

처음부터 끝까지 다시 정리하기 위해서.

그때.

"오빠!"

그의 귀가 잘못된 것일까?

갑자기 유미의 목소리가 들리는 것 같았다.

불안해서 눈앞이 깜깜해지니 헛소리가 들리나?

평소에도 듣고 또 들어도 기분 좋았기에, 머릿속으로 그 목소리가 새겨졌나 보다.

"오빠!"

그런데 다시 한 번 들리는 소리.

그는 고개를 들었다.

진짜 유미가 그의 눈앞에 서 있는 게 꿈은 아닐 것이다.

"유미야!"

그가 부르는 소리에 유미는 싱그러운 미소로 그를 바라보고 있었다.

민호의 눈에 놀람이 가득 담겼다.

그리고 그때 재권의 두 번째 문자가 왔다.

- 대신 유미 씨 보낸다. 이건 선물이다. 그동안 일 열심
히 했으니까, 비즈니스 + 밀월여행 잘 갔다 와라! ㅎㅎㅎ

HOLIC : 그의 직장 성공기

49회. 긴다 그룹

그러고 보니 처음부터 계획된 일이었던 것 같았다.

재권은 민호와 항상 붙어 다니기를 희망했다.

그럼에도 불구하고 민호를 혼자 출장 보낸 결정.

아무리 그의 결정력 장애가 요즘 많이 치유된다더라도, 어제 자신에게 단호하게 말했던 재권이 많이 달라 보였었다.

이제야 알았다. 자신에게 선물을 주고 싶었던 그의 마음을.

새삼 고마움을 느꼈다.

더욱이 옆에 아름다운 유미가 앉아 있었으니…

'선물 고맙네요. 그런데 3박 4일간 출장이라니요? 도대체 무엇을 기대하신 겁니까?

정확히는 기대보다 둘이 오붓한 시간을 보낼 예상을 할 가능성이 높았다.

연인 사이의 일은 아무도 모른다.

민호와 유미가 아직 어느 정도의 단계로 발전한 지 모르는 재권.

아마도 꽤 진전이 나갔을 것으로 예측했을 것이다.

하지만 혼전순결 주의자인 유미와 3박 4일 동안 무슨 일이 벌어지겠는가.

아니다. 어쩌면 이것이 기회다.

갑자기 엉큼한 생각이 마음속에서 들고 일어났다.

가장 중요한 것은 유미를 집으로 일찍 보내지 않아도 된다는 것.

그게 해제된 경보로 민호의 가슴을 울렸다.

곧바로 이어지는 엉큼한 계획들이 순식간에 시나리오처럼 연결되기 시작했다.

역시 민호도 남자였고, 오랫동안 참아온 게 분명한 사실.

이런 계획을 짜라고 머리가 좋아진 것은 아닐 텐데 말이다.

그런데 자신의 얼굴을 꽤 진지했었나 보다.

미안하다는 듯한 목소리로 그녀가 이렇게 말했다.

"미안해. 사실 속이려고 속인 게 아니야. 안 부장님이 비밀이라고. 깜짝 놀라게 해주자고 말씀하셔서."

"어? 아니… 아니야."

다급하게 민호가 손을 내저었다. 늘 그렇지만, 그녀가 미안하다는 말을 하게 만들어선 안 된다고 생각하는 민호였다.

"미안하다니? 네가 왜? 나는 지금 너무 기분이 좋아서 미치겠어. 그렇게 소원했던 여행을… 그것도 둘만… 그것도 3박 4일! 이게 웬 떡… 아이고, 그게 아니라… 어쨌든, 정말 오붓하게 지낼 기회잖아. 그지? 이게 재권이 형 아이디어였어? 역시 그랬군. 역시 그랬어. 하하하."

어색하게 웃는 민호. 중간에 말실수도 몇 차례 했다.

여러 가지 의미심장한 말이었는데도 전혀 그것을 캐치못 한 유미를 보고 민호는 안도의 한숨을 내쉬었다.

지금은 그냥 자신의 기분이 좋다는 것에 초점을 맞추고, 그것을 내보이려고 했다.

당연히 다시 민호의 말문이 트였다.

때로는 재미있는 이야기, 그리고 때로는 자신의 과거를 그녀에게 들려주었다.

이게 비즈니스를 하러 가는 것인지, 아니면 재권의 문자 그대로 밀월여행을 하러 가는지 모르겠다.

하지만 신기하게도 전자의 임무에 다시 돌아오는 청춘 남녀.

"개인농장 소유주들을 3박 4일간 모두 만나기는 힘들 거 같아."

"일단 인도네시아의 긴다(Ginda) 그룹과 협상해야 해.
오랜 거래처이기도 하고, 인도네시아 팜 농장의 20%를
소유하고 있으니까. 어제 미리 전화해서 일정을 잡아 놨
어."

유미의 말에 눈을 빛내며 대답하는 민호.

그는 인도네시아의 긴다 그룹을 언급했다.

팜 농장의 3분의 2는 수마트라 섬에 있었고, 긴다 그룹
은 그 섬에서 압도적인 양을 자랑했다.

따라서 긴다 그룹과 미리 약속을 잡은 민호는 승부처를
그때가 될 것으로 여겼다.

일 이야기를 하면 진지해지는 민호의 표정.

유미의 눈이 민호의 얼굴로 빨려 들어가고 있었다.

확실히 민호의 말빨은 좋았다. 듣고 있는 사람의 시간이
순식간에 갈 정도로.

물론 가는 내내 입에 발동을 걸 수는 없었다.

자카르타까지 7시간 비행을 해야 한다.

때로는 단잠을 자기도 했고, 때로는 이야기로 시간을 보
냈다.

잠시 두 눈을 뜬 정적이 흐르기도 했지만, 전혀 어색하지
않은 민호와 유미.

마침내 시간이 지나 자카르타 공항에 도착했다.

그런데 여기서도 신기한 상황이 벌어졌다.

많은 여자의 눈길이 민호에게 가 있었다.

특히 인도네시아는 한류의 열풍이 꽤 센 곳이다. 민호뿐
만 아니라 유미를 보는 현지인들의 눈에는 호감이 가득 담
겨 있었다.

그와는 반비례해서 서비스는 좋지만은 않았다.

기본적으로 언어문제가 크게 느껴졌다.

특히 민호의 입국 수속이 좀 늦어져 유미가 먼저 나갔을
때, 발생한 일.

민호의 눈에 유미가 곤란을 겪고 있는 게 보였다.

그녀는 영어를 과히 잘 알아듣지는 못하면서 잘하는척
하는 공항여직원에게 무언가를 물어보느라 씨름하고 있었
다.

벌써 어둠이 깔린 공항 밖이었다.

당연히 1박을 할 숙소를 공항여직원에게 물어보는데, 완
전히 잘못 걸렸다.

유미의 말을 전혀 알아듣지 못해서 보디랭귀지까지 동원
해야 할 판이었다.

그때.

"수카르노 호텔로 가려면 어떤 버스를 이용해야 하나
요?"

유미의 눈이 커질 수밖에 없는 사건. 민호의 입에서 인도
네시아 어가 나왔다.

심지어 영어를 잘하는척하던 공항여직원도 살짝 놀라는
것 같았다.

잠시 말을 잊은 채 민호를 바라보고 있었으니까.

결국, 민호는 다시 한 번 유창한 인도네시아 어를 사용해야 했다.

"수카르노 호텔입니다. 그곳으로 가는 버스를 설명해주십시오."

회사에서 예약한 호텔이었다. 민호는 한국을 떠나기 전에 구인기 과장에게 들었다.

제법 나쁘지 않은 수준이라서 회사에서는 이 호텔을 자주 이용한다고.

어쨌든, 공항여직원에게 버스노선에 대해서 상세히 설명을 듣고 다시 유미에게 온 민호.

유미의 눈에 하트가 그려져 있는 것 같았다.

자신의 남자 친구가 머리 좋은 능력자다.

이것이야말로 유미의 이상형 아니겠는가.

"가자, 유미야."

만약 민호가 그녀를 부르지 않았다면, 하염없이 계속 바라보고 있었을지도 모른다.

다시 정신을 차리고 그를 따라가는 유미.

자꾸 그에게 의지하게 된다.

밤이라 그럴지도 모른다. 무려 7시간이나 걸려 왔는데, 벌써 1박이 지나가고 있었다.

아쉽다는 느낌이 물씬 들었다.

이게 신혼여행이었으면 좋겠다는 공상도 하게 되었다.

원래 이런 성격이 아니었는데, 민호를 만난 후 점점 변해가고 있었다.

그것은 민호도 마찬가지.

출장을 그녀와 함께하리라고는 생각도 못 했기에 약간 흥분된다.

그래서 가는 동안 이 생각 저 생각 하다 보니 어느새 목적지에 도착하게 되었다.

드디어 수카르노 호텔에서 체크인하기 전.

"그래. 이제 내일 일은 내일 하고… 일단 피곤하니까… 자야지?"

믿을 수 없게도 방금까지 당당했던 모습과는 달리 어색하게 끊어지듯이 하는 말이 민호의 입에서 나왔다.

호텔의 체크인을 앞두고 던진 이야기가 왜 어색할까?

무언가를 기대하지 않는다는 것은 거짓말이나 마찬가지다.

하지만 유미는 아주 순수한 미소로 그에게 말했다.

"응. 나도 피곤해. 오빠랑 더 수다 떨고 싶지만, 일찍 일어나야 하니까… 어쩔 수 없지."

"그래…."

역시 꿈꾸지 말아야 할 것이 있었다.

요즘 그는 가장 싫어하는 말이 생겼다.

바로 혼전순결!

누가 그따위 말을 만들어낸 것일까? 아니 굳이 그런 말을 꼭 지킬 필요가 있을까?

그래도 표정으로는 아무렇지도 않은 듯이 방 두 개를 잡고 키를 넘겨준 민호.

잠시 후 엘리베이터에서 내려 그녀의 호실로 가는 동안 수만 가지 생각이 떠올랐다.

혹시라도 그녀에게 술이라도 한잔 하자고 말하는 것은…

안 될 말이다. 씨알도 먹히지 않을 소리를 하는 건 오히려 이미지만 깎일 뿐이다.

이런저런 생각에 벌써 그녀의 호실 앞에 와버렸다.

그리고 그녀는 상큼한 미소로 민호에게 이렇게 말했다.

"첫날이니까, 오늘은 좀 그렇고… 마지막 날 전날 밤에 술도 한잔 하고 데이트도 하고… 그렇게 하자… 오빠…."

그 말을 듣고 민호의 눈이 동그래졌다. 혹시 잘못 들은 것은 아닐까 귓구멍을 후비고 싶은 마음이었다.

"그… 그래. 그러자. 하하."

"그럼 잘 자."

더군다나 자신의 양 볼을 잡으며 굿나잇 키스까지 해주는 그녀.

점점 더 그녀에 대한 마음은 커질 수밖에 없었다.

또한, 이럴수록 엉큼한 생각은 깊어질 수밖에 없었다.

이번 출장 3박 4일. 반드시 깊은 '무언가'에 도전하겠다는 생각을 지니고 민호는 잠을 청했다.

다음날 오전.

문을 두드리는 소리에 깬 민호는 단번에 유미라는 것을 알았다.

"유미니?"

"응. 아침 먹어야지."

부지런한 그녀. 벌써 준비를 마친 것 같았다.

더구나 원래 자주 아침을 거르는 민호와는 다른 그녀.

그를 데리고 호텔 식당으로 가서 조식을 가지고 왔다.

그런데 그녀가 가지고 온 아침 메뉴는…

"아침부터 라면이네."

민호는 약간 황당하다는 눈빛으로 그녀를 바라보았다.

자신과는 다른 그녀의 식판.

여러 가지 라면이 담겨 있었다.

국물 라면, 비빔 라면 등.

민호도 이 라면이 인도네시아에서 유명하다는 것을 아주 잘 알고 있었다.

인도네시아는 중국에 이어 세계에서 두 번째로 많이 라면을 소비하는 나라였으니까.

그렇다고 여기까지 와서 아침에 라면을 먹을 필요는 없지 않은가.

그래서 내보인 눈빛이었다.

하지만 그 눈빛에 아랑곳하지 않고 유미는 웃으며 말했다.

"이곳에서는 라면이 유명하잖아. 솔직히 식품회사랑 언제 어떻게 될지 모르고…."

그 말을 듣는 민호의 눈빛이 묘해졌다.

생각해보니 지금 이곳에 온 그의 진정한 목적, 즉, 안재현을 조금이라도 위협하려는 기본 중의 기본은 바로 라면 때문이었다.

그 안에 들어갈 팜유의 대량 구매가 일차적인 목표였는데…

"혹시 라면 때문에 이곳에 온 거야?"

자신과 유미는 목적 자체가 다르지 않을까 생각이 되었다.

창조영업부야 현재 광범위한 업무를 추진하고 있지만, 그녀는 기획부였다. 상품 기획에서 마케팅과 트렌드 분석까지.

어쩌면 그런 임무를 그녀의 팀에서 지시하지는 않았을까 생각이 들었다.

그래서 한 질문에 유미는 살짝 고개를 저으며 말했다.

"아냐, 오빠 도와주라고 해서 온 거 맞아. 그런데 너무 아까워서. 저번에 라면. 내가 정말 한국에서 나오는 모든 라면을 다 먹어보고 상품 분석해서 넘긴 거거든. 그런데 식품회사랑 계열 분리되면 허무하게도 다 날아가는 거잖아."

"……!"

그 말을 듣고 갑자기 민호의 머리에 휙! 하고 무언가 지나갔다.

잘하면 또 무언가를 하나 더 건질 수 있을 것 같았다.

"혹시 그때 그 분석한 거 아직 잘 가지고 있어?"

"응?"

"라면 다 먹어보고 분석해서 넘긴 자료 말이야. 한국에 가면 나한테 줄 수 있어?"

"그거야… 크게 문제없지."

민호의 진지한 표정을 보고 유미는 고개를 갸웃하면서 대답했다.

얼굴로 질문하는 것이다. 그게 왜 필요한지에 대해서.

"점점 회사에 무기로 삼을만한 게 많아지네."

"혹시 라면을 자체적으로 생산하려고?"

그녀의 질문에 고개를 끄덕이는 민호.

이제야 비로소 이곳에 출장 온 유미가 괜히 온 게 아니라는 생각이 들었다.

물론 재권이 의도했던 것은 아니겠지만 말이다.

⚜

기분 좋은 조식을 하고, 길을 나서는 길.

일단 민호 혼자였다. 효율성을 위해서 유미에게는 개인

농장주에게 연락하라고 부탁했고, 그 자신은 따로 긴다 그룹의 중역과 따로 약속을 잡았다.

사실 약속 장소래 봤자 먼 곳도 아니었다.

그와 유미가 묵고 있는 호텔이었으니까.

이것은 회사에서 배려한 것이다.

인도네시아 출장 경험이 없는 민호였기에, 늘 긴다 그룹과 만나던 호텔로 미리 예약했다.

그런데 30분이 지나고 한 시간이 지나도 온다던 사람은 나타나지 않았다.

인도네시아에는 한국의 코리안 타임처럼 '고무줄 시간'이 존재한다.

그래서 이 정도는 각오해야 한다는 말을 듣긴 했는데…

"안 와도 너무 안 오는데?"

이렇게 혼잣말할 정도였다. 결국, 스마트폰을 들고 전화할 수밖에 없는 상황.

잠시 후 수신음이 가고 만나기로 한 사람, 즉, 긴다 그룹의 중역인 꾸바야가 전화를 받았다.

(아, 죄송합니다. 제 처가 몸이 아파서 가기 힘들게 되었네요.)

"네? 아아, 알겠습니다."

민호는 그렇게 말하고 입술을 살짝 씹었다.

인도네시아에서 누군가 아프다고 핑계를 댄다는 것.

그것은 거절을 뜻했다.

도대체 왜? 갑자기 거절의 뜻을 밝히는 이유를 모르겠다.

어쨌든 여기서 포기할 민호가 아니었다.

"그럼 내일을 뵐 수 있을까요?"

(…….)

"원하시는 가격에 절충할 수 있습니다. 내일 같은 시간에 기다리겠습니다."

(아마도 내일은 괜찮을 것 같습니다.)

"그럼 아내분의 건강이 꼭 회복되기를 바랍니다."

전화를 끊고 민호는 곰곰이 생각해 보았다. 무슨 변수가 자신의 회사와 긴다 그룹 사이에 발생했는지.

그러나 아무리 생각해봐도 떠오르는 것은 없었다.

아니 변수가 너무 많아서, 뭐 하나를 콕 찔러서 그것을 핑계로 대기가 힘들었다.

이럴 때에는 살짝 아쉬운 게 자신의 경험이었다.

국제 무역에서 생기는 각종 변수.

그에 대한 경험이 없었기에 책과 인터넷, 그리고 귀동냥으로 들은 것으로 지금의 상황을 그려낼 수밖에 없으니까.

그나마 위안이 된 것은 자신이 긴다 그룹의 꾸바야와 허탕 치는 동안 유미가 생각보다 더 많은 개인 농장주와 접선했다는 것이다.

"대부분 호의적이야. 시세보다 좀 더 가격을 쳐주겠다니까, 좋아하던데?"

"천만다행이야. 긴다 그룹 때문에 걱정이 태산이었는데."

안도의 한숨은 이런 걸 말하는 것이다.

그리고 어차피 오늘 공친 것, 민호 역시 개인 농장주에게 일일이 전화를 걸어 팜유 구매에 대한 의사를 표현했다.

그래도 온종일 입이 부르트도록 전화를 돌린 결과.

긴다 그룹과 협상해서 구매할 만큼은 아니었지만, 그것의 5분의 1쯤은 확보할 수 있었다.

물론 계약서에 서명해야 안심이 되는 일이었다.

긴다 그룹도 한국에서 통화했을 때에는 꽤 긍정적이었지만, 현지에 오니까 바로 태도를 돌변했지 않는가.

여러모로 계약은 역시 도장 찍을 때까지 성사된 게 아니라는 생각을 또 한 번 가지게 되었다.

아무튼, 오늘 하루 그렇게 고생해서였을까?

맥이 탁 풀린 민호는 저녁 식사를 하고 유미를 일찍 그녀의 방으로 들여보낼 수밖에 없었다.

그리고 그 자신 역시 자신의 방에 들어와 일찍 휴식을 취했다.

오늘 긴다 그룹의 변덕 때문에 많이 꼬였다.

원래의 계획은 긴다 그룹 건과 개인 농장주들과 어느 정도 성과를 뽑은 뒤 유미와 오붓한 시간을 즐긴다는 것이었는데.

그때.

– 똑똑.

누군가가 방문을 두드리는 소리.

그리고 누워 있던 민호의 눈이 번쩍 트이는 목소리도 들렸다.

"오빠?"

바로 유미였다.

HOLIC : 그의 직장 성공기

50회. 한 걸까, 안 한 걸까?

침대에서 이렇게 빨리 일어나는 민호를 보면 그의 어머니는 가슴을 치며 배신감에 통탄할지도 모른다.

아침에 깨우기가 너무 힘든 아들이었으니까.

하지만 다 키워봐야 여자에게 미치면 품 안에 자식일 뿐이다.

민호 역시 유미에게 미쳐서 지금 침대에서 엄청난 속도로 일어났다.

그리고 민호가 호텔 방의 문을 그야말로 번개처럼 활짝 열자.

쨍!

유미가 두 손에 술병을 살짝 마주치며 소리를 내었다.

오밀조밀한 얼굴. 그 안에 세상에 가장 아름다운 것을 다 몰아놓은 것 같았다.

더군다나 매우 매력적인 미소까지 띠었다.

마지막으로 아주 애교스러운 표정과 함께.

"아까 보니 힘이 없어 보여서. 응원해주러 왔지. 여기 인도네시아 토속주야. 어때? 한 번 시음해볼래?"

이렇게 자신의 마음을 위로하는 그녀의 3단 콤보.

어찌 녹아나지 않을 수 있으리오!

"당연하지! 빨리 들어와."

갑자기 없던 힘이 샘솟는 민호.

대답하는 목소리에 생생함이 감돌았다.

그녀를 재빨리 호텔 방에 들이고 나서 부산하게 무언가를 찾으러 다녔다.

로맨틱한 분위기의 내실은 전혀 아니었지만, 다행히 와인 잔은 준비되어 있었다.

그 두 개를 꺼내어 유미의 앞에 탁하고 놓자, 그녀는 자신이 가지고 온 술을 따랐다.

쪼르르륵.

떨어지는 술잔의 소리가 민호의 귀에 들렸을 때, 출렁이는 잔 안에 술만큼이나 그의 마음이 흔들렸다.

그리고 하나씩 하나씩 다 채웠을 때…

한 손에 잡은 와인 잔을 높이 드는 두 남녀.

"짠! 오빠의 이번 출장이 성공적으로 되기를 바라며!"

'짠! 출장도 출장이지만, 너와 하룻밤이 성공적이기를 바라며!'

유미의 비즈니스 성공 기원 뒤에는 민호의 엉큼한 속마음의 건배가 이어졌다.

물론 겉으로 표현하는 말은 달랐다.

"그러게. 아무 성과도 없이 돌아가기는 정말 싫어. 그럴 바에야 차라리 일정을 더 늦춰야 할 것 같아."

"아, 정말?"

"응. 왜? 너는 안 돼?"

"오빠도 알다시피 기획팀에 사람이 별로 없어. 지민이가 혼자서 꽤 힘들어할 거야. 사실 이번 출장 목적을 부장님도 몰라서 툴툴거리시면서 보내줬거든."

그러면 안 된다. 직장 상사에게 그녀가 밉보이는 것을 볼 수는 없었다. 그래서 최소한 유미는 먼저 보내야 한다고 생각한 민호.

이렇게 되니 로맨틱한 분위기는 살짝 깨지고 말았다.

결국, 다시 비즈니스 이야기로 돌아가 버리고.

민호는 이번에 인도네시아에서 머릿속으로 계획한 일들을 유미에게 다 털어놓았다.

"응? 농장을 직접 보려고 했다고? 굳이 그럴 필요가 있어?"

유미의 표정이 찡그려졌다.

민호가 이번 출장에서 수마트라 섬까지 가려고 했다는

말을 한 후에 짓는 표정이었다.

물론 민호의 계획 때문에 얼굴이 찌푸려진 것은 아니었다.

방금 마신 술이 꽤 쓴 데다가, 텁텁했다.

인도네시아 토속주가 한국인에게 꼭 잘 맞는 것은 아니었다.

그렇게 뒷맛을 견뎌내는 유미에게 민호의 음성이 들렸다.

"좀 더 멀리 내다보고 싶었어. 단순히 팜유만 사는 게 아니라, 더 큰 걸 보기 바랐거든."

사실 수마트라 섬까지 가는 것은 재권에게도 말하지 않았던 것이자, 민호가 원하던 바였다.

그의 야망은 단순히 팜유를 사들이는 것만으로 끝나는 게 아니었다.

수마트라 섬에서 일정 정도 농장을 사서 직접 기르는 일.

앞날을 위해서 꼭 해야 하는 일이라고 생각했다.

특히 팜유는 대체 에너지로도 활용 가능성이 점점 높아져만 갔다.

그 부분에 대해서 민호가 슬쩍 언급하자 유미가 맞장구를 쳤다.

"농장 구매는 신중해야 하지만, 나도 부정적인 것은 아니야. 돈만 있다면, 구매해놓는 게 나쁘지는 않을 거 같아. 몇 년 전 더블에스 물산도 긴다그룹에 농장을 구매한 일이 있었잖아."

대한민국 최고의 그룹. 더블에스.

아이티면 아이티, 건설이면 건설. 진출하는 분야마다 국내 최고라고 일컬어졌다.

그래서 그곳에서 하는 일은 웬만하면 진리로 통한다.

긴다 그룹에 팜 농장을 사서 운영하는 일은 괜히 하지는 않을 거라는 유미의 말이 바로 그것을 의미한다.

물론 민호도 유미의 생각과 비슷했다.

하지만 그냥 듣고 있기에는 야망의 크기가 그를 계속 자극하고 있었다.

어차피 민호의 야망은 한국 최고가 되는 것이다.

그래서 특히나 요즘 더블에스라는 말이 나오면 눈빛이 빛났다.

"그런데 그 이후로 긴다그룹이 농장을 더 팔지 않는다고… 그게 참 안타까워."

계속해서 이어지는 유미의 말에 민호의 귀가 쫑긋 세워졌다.

농장을 더 팔지 않겠다? 그렇다면 굳이 그쪽에서 농장을 살 필요는 없지 않은가.

"유미야, 내일은 네가 좀 고생해줘야 할 게 있어."

"응?"

"내가 긴다그룹 사람 만나서 팜유 구매에 대해 협의할 동안, 너는 혹시 구매할 수 있는 농장을 알아봐 줘. 할 수 있겠어?"

민호의 말에 유미는 미소를 지으며 고개를 끄덕였다.

공사의 분별. 아무리 자신과 연인 사이라지만, 민호의 이런 모습은 더 매력적으로 다가왔다.

더군다나 눈빛에 불꽃이 새겨졌다.

분명히 무언가를 계획하고 있는 게 틀림없었다.

다만 민호도 약해질 때가 있었다.

비즈니스 이야기를 할 때, 연인에게 지시하던 상급자의 모습을 끝내자 바로 약한 모습으로 돌아가서 그녀에게 이렇게 말했다.

"자, 한 잔만 더…."

설마 유미를 취하게 할 계획인가? 텁텁한 술을 계속 마시게 하는 민호의 그 엉큼함.

유미 또한 그 의도를 모르는 것은 아니었다.

문제는 제 꾀에 제가 넘어갔다는 것이다.

잠시 후 민호가 유미보다 더 빨리 취해서 해롱대고 있었다.

그러고 나서 하는 이야기는,

"유미야, 딸꾹, 내가 너 얼마나 사랑하는지 알지?"

꽤 달콤했다. 그 달콤함에 취해서 유미도 인도네시아 토속주를 홀짝홀짝 다 마시고 말았다.

처음에는 홀짝홀짝, 그리고 나중에는 와인 잔을 거의 입에 쏟아부을 만큼 이상한 갈증이 생겨났다.

그리고…

점점 취해가는 유미는 어느새 민호와 비슷한 상태가 되었다.

✢

민호는 꿈을 꾸었다.

정말 행복한 꿈이었다. 그토록 바라마지 않는 유미와 하룻밤을 보내는 꿈이었으니.

꿈속에서라도 그렇게 되니 하늘을 날고 구름 위를 걷는 기분이었다.

그 후 맞는 시원한 빗방울.

그래서 옛사람들은 남녀 간의 일을 운우지정(雲雨之情)이라고 표현했나 보다.

어쨌든 그 달콤한 꿈에서 일어날 때쯤, 민호의 손에 크고 말랑말랑한데다가 탱탱한 그 무언가가 잡혔다.

화들짝!

눈이 떠졌다. 분명히 자신이 잡은 것은 누군가의 그 무엇이었다. 거기다가 자신이 가장 좋아하는 사이즈인 C컵이 확실했다.

두려움에 재빨리 손을 뗐다.

그리고…

눈에는 호텔 천정이 보이는데, 옆을 보기가 두려웠다.

설마 유미일까? 설마 다른 여자는 아니겠지?

이런 생각에 고개를 서서히 돌렸다.

거기에는 자신을 향해 얼굴을 드러낸 아름다운 여자가 있었다.

'유… 유미야!'

이게 도대체 어떻게 된 일일까?

분명히 어제 인도네시아산 토속주를 마시고 필름이 끊겼는데…

"으음…."

그때 유미가 소리를 내며 등을 돌렸다.

민호는 재빨리 눈을 감았다. 혹시나 그녀가 깨면 어색함을 견디기가 힘들지도 모르니 그녀를 배려하리라 생각하면서.

하지만 등을 돌린 뒤에 그대로 멈춘 그녀.

여전히 잠에 빠진 것 같았다.

그는 몰래 손을 더듬어 자신의 몸을 만져보았다.

벗은 몸이다. 점점 더 무슨 짓(?)을 했다는 의심도 생겼지만, 원래도 벗고 자는 습관이 있어서 아무 일(?)도 안 일어났을지도 모른다.

그래서 살짝 이불을 들어 올린 민호.

그 틈으로 유미의 속살이 보이자 입을 틀어막았다.

그때 부스럭거리는 소리를 내는 유미.

드디어 일어날 준비를 하는 것 같았다.

그는 다시 눈을 감았고, 유미의 동작은 잠시 멈추었다.

속으로 생각했다. 그녀도 이 당황스러운 순간에 어쩔 줄을 몰라하고 있다는 것을.

어쩌면 그녀에게 첫 경험인 이 순간.

그녀를 위한 길은 이렇게 잠을 자는 척하는 게 아니라고 생각해,

"일어났어?"

하고 말하며 눈을 뜨려는 찰나에.

그녀의 부드러운 손이 자신의 눈을 가리는 걸 느꼈다.

"오빠. 보지 마."

"응?"

"눈 계속 감아. 창피하단 말이야."

그녀의 부탁에 그는 살짝 고개를 끄덕였다.

그리고 들리는 부스럭거리는 소리.

그녀가 옷을 입는 게 분명했다.

옷 갈아입는 소리가 너무 자극적이어서 눈을 뜨고 싶은 마음이 수차례 들었지만, 그녀에 대한 예의를 지키기로 했다.

어쩌면 울고 있을지도, 그 큰 눈에 눈물을 머금고 있을지도 몰랐다.

그런데 그게 착각이라는 게 바로 드러났다.

잠시 후 유미는,

"아침 먹으러 와."

라고 말하며 문을 닫고 나갔다.

표정은 볼 수 없었지만, 목소리는 그렇게 슬퍼하거나 아쉬워하는 종류의 그것이 아니었다.

이건 무엇을 의미하는가?

혹시 그와 그녀 사이에 아무 일도 없었단 말인가?

아니면 무슨 일이 있었다고 해도 그녀는 자신을 일생의 동반자로 알고 있기에 평소와 다름없는 말투였을까?

재빨리 씻고 아침을 먹는 동안에 그녀를 앞에 두고 물어보고 싶은 게 너무나 많았다.

그렇지만 생각했던 것이 입 밖까지 나오기는 너무 힘들었다.

평소에 과단성 있고 배짱 두둑한 모습은 어디로 간 것일까?

역시 민호는 유미 앞에서만은 한없이 작아지는 존재일 뿐이다.

물론 하루에 두 얼굴의 사나이 모드가 발동하기도 한다.

조금 전 사랑하는 여자에게 약하디약한 그였지만, 긴다 그룹의 중역, 꾸바야를 만났을 때에는 바로 냉철한 모습으로 돌아왔다.

일단 민호는 상대에게 심리적 우위를 선점하기 위해서 조급한 모습은 전혀 보이지 않았다.

그리고 사용한 인도네시아 어.

"목욕하셨습니까? 미스터 꾸바야."

검은 피부. 그러나 흑인의 그것과는 다른 색이었다.

눈동자의 흰자와 검은자가 대비되는 꾸바야가 민호의 인도네시아어 사용에 미소를 지으며 대답했다.

"목욕하셨습니까?"

인도네시아에서는 목욕했느냐는 질문이 거의 인사에 가깝다.

그렇다 할지라도 보통 가까운 사이에서 하는 말인데, 민호가 친근하게 인도네시아어까지 사용하며 인사하니 기분이 좋지 않을 수 없었다.

그런데 꾸바야를 더 놀라게 하는 민호의 유창한 인도네시아 어.

"이렇게 만나 봬서 영광입니다. 저는 L&S 상사의 김민호라고 합니다. 한국에서 말씀드렸다시피 이번에 팜유 구매의 양을 많이 늘리고 싶습니다."

"오, 우리 말을 많이 준비해오셨군요."

그것만 준비해 온 게 아니었다. 인도네시아 사람들의 비즈니스 습성 또한 많이 연구해왔다.

인도네시아인들은 가부를 확실히 말하지 않는다.

지금도 민호와 협상하면서 꾸바야는 미소를 지으며,

"아마도요."

라는 말로 철옹성을 올리고 있었다.

달리 들으면 꼭 긍정의 말 같지만, '아마도'는 인도네시아인에게 있어서 긍정도 부정도 아닌 표현이었다.

어찌 보면 거절에 가까울 수도 있는 그 말에 민호가 그의 눈을 정면으로 바라보며 말했다.

"조건이 맘에 들지 않으십니까?"

"아시다시피 가뭄이 들어서요. 올해 날씨가 참 안 좋습니다. 이 상태에서 팜유가 얼마나 더 생산될지 장담할 수 없는데… 지금 너무 많이 팔았다가는, 나중에 우리는 큰 손해를 입을 수 있거든요."

"그럼 조건을 말씀해주십시오."

"……."

약간 답답한 사람이었다. 아니면 매우 신중하거나.

말을 하는 데 있어서 한참을 생각하고 입에서 뱉어내니 참을 '인' 자를 몇 번이나 가슴에 새겨야만 했다.

"일단은…."

"……."

"내일 만나서 나머지 이야기를 했으면 좋겠습니다."

민호는 어이가 없었다.

3박 4일간 그가 할 수 있는 일은 한정이 되어 있었다.

벌써 2박 3일째. 내일이면 3박 4일째인데, 이미 출장 일정이 다 끝나고 만다.

수마트라 섬 근처에도 가지 못하고 이렇게 끝내기에는 너무 허무했다.

왜 조건도 이야기하지 않는 것일까?

갑자기 민호의 머리에 무언가가 떠올랐다.

스멀스멀 피어오르는 누군가의 음모. 그 불쾌한 예감에 그는 상대에게 물어볼 수밖에 없었다.

"혹시…."

"……."

"본사에서 우리 회사와 거래하지 말라는 이야기를 했습니까?"

"……!"

〈3권에서 계속〉